わたし、虐待サバイバー

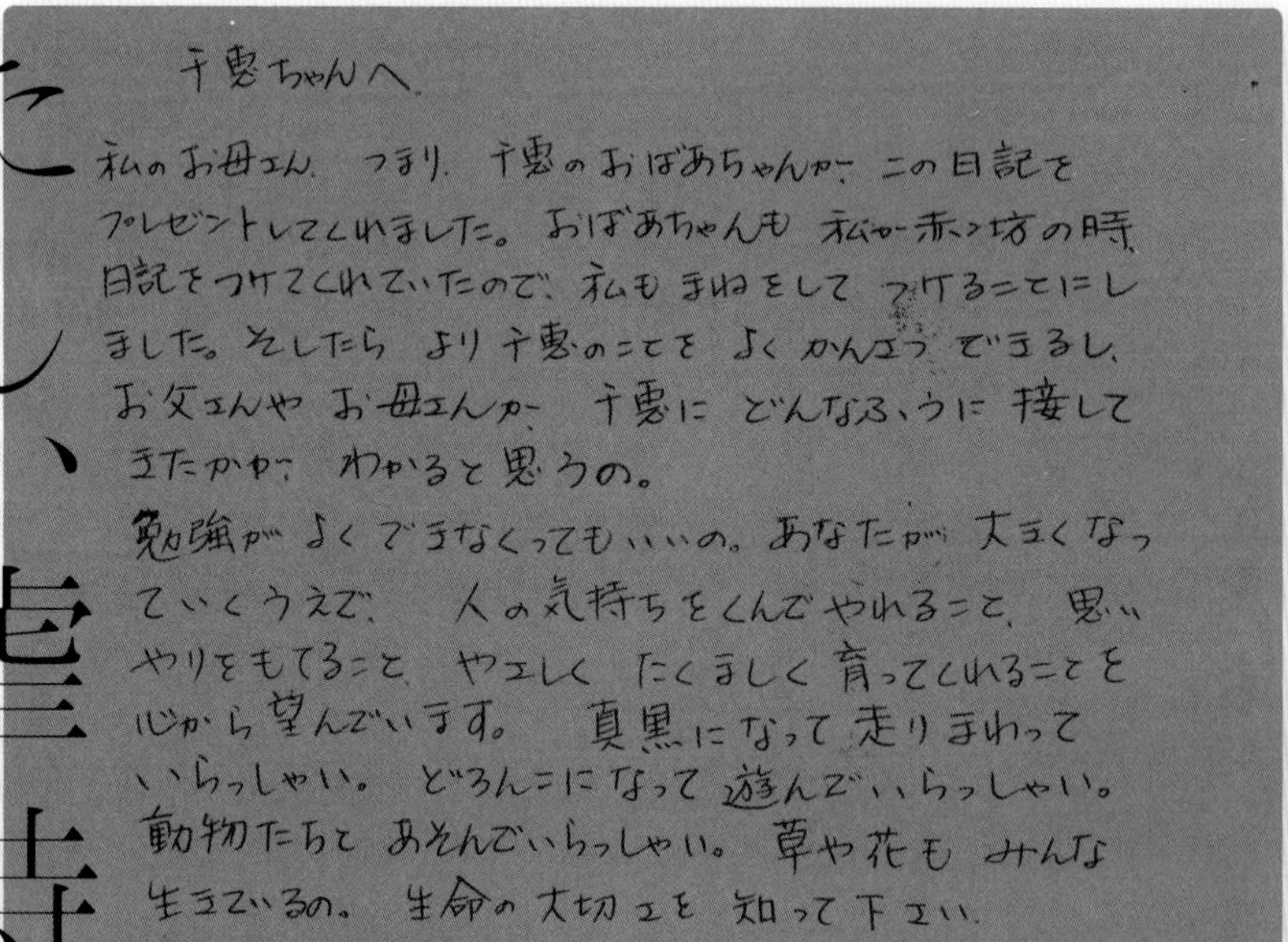
千恵ちゃんへ

私のお母さん、つまり、千恵のおばあちゃんが、この日記をプレゼントしてくれました。おばあちゃんも私が赤ん坊の時、日記をつけてくれていたので、私もまねをしてつけることにしました。そしたらより千恵のことをよくかんさつできるし、お父さんやお母さんが千恵にどんなふうに接してきたかがわかると思うの。
勉強がよくできなくってもいいの。あなたが大きくなっていくうえで、人の気持ちをくんでやれること、思いやりをもてること、やさしくたくましく育ってくれることを心から望んでいます。真黒になって走りまわっていらっしゃい。どろんこになって遊んでいらっしゃい。動物たちとあそんでいらっしゃい。草や花もみんな生きているの。生命の大切さを知って下さい。
あなたが生まれた時の世の中は、平気で人を殺したり、乱暴をしたり、校内暴力、家庭内暴力をする子供たち、一家心中をしたり……そんな暗い世の中でした。どうか、千恵あなたの未来が明るくて平和な世の中でありますように。自然や大地をあなたにのこせるように、お父さんやお母さんはしっかりしなければなりません。千恵、あなたが大きくなって結婚をして、子供をうんだりしたら、この日記をよんで下さい。お父さんもお母さんも、まちがえたり、失敗したりしながら、あなたをしっかり見まもっていきましょう。
世界一かわいい私達の千恵ちゃんへ

羽馬千恵《はばちえ》

ブックマン社

13歳のわたしへの手紙

前略　13歳の　千恵さん。わたしは、大人になったあなたです。

今、毎日が地獄のような日々ですね。

なぜ、こんなにも苦しい日々なのか、なぜ目の前が真っ暗闇なのか
幼すぎてあなたはまだ何もわからないと思います。
自分が虐待を受けているということすら、わかっていないのだから……。
これから幾度となく訪れる苦しい地獄のような日々も、まだ微塵も想像できていないでしょう。あなたは、これからも虐待を受け続けて、高校生になる頃、ひどく社会を憎み、空想で無差別殺人をするようにもなります。

想像したくないよね、そんな未来。

でも大丈夫。踏みとどまれるよ。

なぜなら、幼い頃、可愛がってくれた祖父母や大人たちの顔が目に浮かぶからだよ。

思い出す懐かしい顔があなたを救ってくれる。

その顔を悲しませたくないと思い、無差別殺人を実際にはしないでしょう。

人は刹那の愛情があれば、罪を犯さず、立ち直れることを学びます。

やがて大人になったあなたは、心を病んで、何度も自殺未遂をします。

親の愛情に飢えたあなたはたくさんの人に愛を求めては、裏切られ、

心は傷だらけになるでしょう。虐待の後遺症にも、ひどく苦しむでしょう。

長い年月、虐待の後遺症は医者にも誰にも理解してもらえないでしょう。

大人になって何度も挫折し、ひとりぼっちになるでしょう。

底なしの孤独を何度も味わうでしょう。

何度も絶望し、ひとりで泣くでしょう。

でも大丈夫。。

あなたは幸運にも、素晴らしい希望の宝物を3つ持っているのこの3つの希望の宝物のおかげで、あなたは回復することができるでしょう。

1つ目の宝物は、5歳まで愛情たっぷりに育てられた刹那の記憶。その幸せいっぱいの記憶は、一生色褪せることなく、どんなときでもあなたを励まし勇気づけてくれるでしょう。

何度転んでも、どん底に落ちても、いつでも立ち上がれるでしょう。

どんなに優れた医療やカウンセリングや励ましの言葉よりも、幼い頃に大人たちに愛情深く温かく包み込まれた体験ほど、大人になり人生の苦境に立ったときに、土台となり勇気づけてくれるものはないのです。

2つ目の宝物は、生まれ持った明るい性格。明るいあなたを好いて、たくさんの人が応援してくれる、幸せな大人になれるでしょう。多くの人に愛情をもらえて、いつしか心の深い傷も癒えるでしょう。

3つ目の宝物は、まっすぐな一生懸命さ。暗黒のなかでもあなたの一生懸命さは、いつしか光が灯ることを知っていくでしょう。諦めず、前向きに努力し続けるあなたは、いつしか、何があっても大丈夫、と自信を持って強く生きていくことができるでしょう。

13歳のわたしに、この本を送ります。

令和元年　36歳の夏　札幌より

目次

わたし、虐待サバイバー

第1章

こうして「虐待」は始まった。

経済力のなかった母

1983年（昭和58年）、兵庫県赤穂《あこう》市でわたしは生まれました。当時も今と同じように児童虐待や子どもの貧困はあり、機能不全を起こしている家庭の子どもたちもたくさんいましたが、児童虐待防止法（平成12年施行、平成16年改正）もなく、子どもの支援に社会からの光が当たっていない時代でした。今でこそ、教育格差や貧困、虐待など子どもたちの問題が日々ニュースで取り上げられ支援体制も整ってきましたが、わたしの生まれた頃は、児童相談所も学校も医療も福祉も行政も、そうした問題にほとんど関与していない時代だったのです。

まず、母の話をさせてください。

わたしの母もまた、とても酷い家庭環境で育ち、高校を卒業した頃からグレ始め、不良仲間とつるむようになったそうです。その頃に出会った5歳年下の不良少年が、わたしの父になる人。母が23歳、父は18歳のときに結婚し、わたしをもうけています。

父親は、わたしが母親のお腹のなかにいる間もまったく働かず、ギャンブルばかりして遊びまわっていたそうです。妊娠後すぐに生活に困窮《こんきゅう》した母は、真冬にもかかわらず公共料金の支払いすらできず、家の電気が消え、満足に食べられない状態が続きました。臨月が近くなり働けなくなると、薄い布団に包まり寒さと飢えを凌《しの》いだそうです。悲惨な結婚生活を知った母の両親は、「子どもを堕《お》ろせ」と頻繁に忠告にやってきたのだ、それでも、お前を生んだのだ……母は幾度となく、わたしにその話をしました。

「実家に帰っておいで」と逃げ場を用意することなく、中絶を迫った母の両親の気持ちは、未だに理解できません。お金の支援をすることもなかったそうです。母は「追い詰められた。逃げ場がなかった。怖かった」と当時を振り返ります。

母は一度はわたしの堕胎《だたい》を決意します。しかし妊娠3ヵ月をとうに過ぎており、医者から「もう中絶できない」と言われたそうです。だから、「子どもが生まれれば、夫の態度はきっと変わってくれるはず」、そう信じて出産までを過ごした、と。

そしてなんとかわたしを生んだものの、まだ遊びたい盛りの不良少年の態度は一向に変わることはなく、母を蹴飛ばして娘のミルク代を奪い取り、ギャンブルに使ってしまうといった日々が続きました。わたしを抱くこともなかったといいます。

もう、諦めるしかない。

母もまだ20代前半。稼ぎのない男の暴力に耐える必要もありません。わたしが1歳にならないうちに離婚しました。無論、養育費や慰謝《いしゃ》料はゼロです。

わたしは、実の父を知りません。でも、名前だけは知りたくなって、大人になってから戸籍謄本《こせきとうほん》を取り寄せて確認をしたことがあります。人づてに連絡を取ってもらっても再会は叶いませんでした。一度だけグーグルで検索をかけてみたけれど、とてもありふれた名前だったので、特定などできずにたった数分でやめました。

母は離婚後、実家近くに安いアパートを借りて、子育てを始めました。当時、祖母はまだ42歳、祖父は49歳。ばあちゃん、じいちゃんと呼ぶにはあまりにも若かったようです。何度も中絶を迫った祖父母に、赤ちゃんを見せるのがとても怖かったとも話していました。

しかし、そんな心配とはうらはらに、祖父母はわたしを大変可愛がり、抱きしめてくれました。近所には親戚も多く住んでおり、平和で明るい日々がしばらく続いたようです。それは、わたしが小学校に入る頃までのことで、いろんな人の笑い声とともに、あたたかい陽だまりのような記憶として残っています。

家にはいつも誰かがいました。誰かがわたしをいつもかまってくれて、遊んでくれて、甘いお菓子やジュースを用意してくれました。自分の人生で一番、平和で幸せいっぱいだった時代。いえそれとも、わたしの脳が作り上げた幻想の世界だったのでしょうか……。

愛情に包まれた柔らかな暮らし

実家のそばに暮らした母でしたが、離婚後2年間は生活保護を受けていたそうです。そして、わたしが2歳くらいの頃に生活保護から抜け出し、夜の仕事を始めました。ホステスと呼ばれる類のお仕事だと思います。母には資格も学歴もなかったため、夜の仕事で生計を立てる以外、収入を得る道はほとんどなかったそうです。

保育園の送り迎えなどは、祖母がしてくれました。自転車の前のカゴに小さなわたしを乗せて、いろいろな話を聞かせながら送迎してくれたことを今でもよく覚えています。

わたしが幼少期を過ごした場所は、瀬戸内海に面した温暖でのどかな田舎町です。山にはみかん栽培の段々畑が広がり、夏から秋にはオレンジ色に、秋が深まれば紅葉に染まり、短い冬のあとは春が訪れて、桜と山躑躅《つつじ》のピンクのグラデーションが彩ります。山の中腹からは穏やかな瀬戸内海を見渡すことができ、光にきらめく海には、小さな島々が浮かび、漁船がその間を横切っていく。

「あの船が、お魚を届けてくれるんだよ。ちえ、今日は何を食べようか」

祖母が優しく髪を撫でます。祖母と眺める海は、何時間見ていても飽きることはありませんでした。今でも目を閉じると、あの海の輝きと、祖母の柔らかな手の感触が蘇《よみがえ》ります。

一方、祖父は幼かったわたしからみても、無口で不器用な人でしたが、不器用なりにとても可愛がってくれました。夏になると、山で蟬《せみ》捕りの仕方や、川でフナやザリガニの釣り方を教えてくれました。生き物を好きになったのは、この頃の祖父の影響が大きいと思います。帰り道は、いつも肩車。祖父の頭につかまりながら見た景色も、忘れることはありません。

母のいない夜には、寝つきが悪かったわたしを祖母がおんぶして散歩に出てくれました。寒い冬は、黴《かび》臭いどてらの匂いに包まれました。背中から伝わる子守歌の響きが、穏やかな眠りに誘います。

「ちえちゃん、見てごらん。今日は満月やで」

うとうとするわたしに優しく声をかける祖母。

「ちえ。よく見てごらん。月にうさぎがおるやろう？　餅《もち》をついとるやろう？」

「ばあちゃん、うさぎはいつも一人なん？」

「そうや、うさぎは月にたった一羽や」

「それじゃあ寂しいな。こっちに遊びにくればええのにな」

「遠すぎて、こっちにはこれへんのんや。でもうさぎはもう、一人に慣れっこなんや」

今思えば、あのとき祖母の背中から見上げた月のうさぎに、わたしは自分の未来に訪れるとてつもない孤独を予期していたのかもしれません。

秋になると、五穀豊穣《ごこくほうじょう》を願う祭りの準備が始まります。太鼓の音が夜半まで鳴り響き、若い男たちの威勢のいい笑い声が重なるように聞こえ、わたしの子守歌になっていました。少しだけ冷たくなった風に吹かれながら、いつまでもこうして祖母の背中で眠っていたいと願いました。優しくて、安心できる場所。

しかし、祖母本人が、優しくて安心できる場所で暮らしていたのか、どうか。これは大人になってから気がついたことですが、祖母は祖父にいつだって従順で、いつも気を遣《つか》い、そしていつも怯《おび》えているような様子がありました。しかし祖父はわたしには優しかったので、それ以上疑問に思うこともありませんでした。


「ばあちゃん、おなか痛い！」

3歳になる少し前、虫垂炎（盲腸炎）になりました。すぐに入院し、手術をすることになりました。ある日、病室にやってきた祖父は、わたしの目の前で握っていた手をそっとひらきました。すると、美しい翡翠《ひすい》色をした小さな小さなアマガエルが、つぶらな目でこっちを見ています。

「ちえのお見舞いしたいってよ」

「かわいい！」

嬉しくて歓喜の声をあげました。それで看護師さんに見つかってしまい、祖父は、「病院にカエルを持ってくるなんて！」ときつく叱られました。そのエピソードは、しばらくは親戚が集まるたびに笑い話になっていました。

何日入院したのかは覚えていませんが、あの病棟の日々もまた、幸せな記憶です。祖父母だけでなく、親戚のおじさん、おばさん、近所の大人たちもかわるがわるお見舞いに来てくれて、わたしを撫でたり、お菓子や果物やお花を持ってきたり……まるで自分が祖母の背中で聞いた昔話「かぐや姫」の、たくさんの男から求婚されたお姫様のごとく、大勢の人から愛され、可愛がられ、物語の主役になった気がしたのです。

「可愛いものは、多くの大人に愛されるのだ」

入院を経て、そんなこころが芽生えました。そこに母がいたかどうかは、思い出せません。母の不在など気にも留めなくていいほど、その頃はたくさんの大人がいて、その誰もがわたしを愛してくれていたからです。

それと同時に、母との濃密な想い出もしっかりあります。絵を描くことが得意だった母は、小さな子ども用のテーブルに、「ちえのつくえ」と書き、そしてキティちゃんの絵を描いてくれました。

「ちえちゃんは、お勉強をするのが好きやねえ。字を書くのも絵を描くのも上手やな。頭がええんやな」

母にそう言ってもらえるのが嬉しくて、そのテーブルで毎日のように絵を描いたり、文字を覚えたりしたものです。夜の仕事が休みの日には、動物園にも連れて行ってくれました。生き物の死についてや、無責任に生き物を飼ってはならないことを厳しく教えてくれたこともありました。


「おかあさん、夜のお仕事行かないで。夜もちえと一緒にいて」

アパートで二人きりになるとき、そんなわがままを言いました。

「それはでけへん。お母さんはな、ちえのために一生懸命働いて、ちえがええ学校に行けるように貯金をしているんよ。だからちえちゃんと勉強するんよ」

「ちょきん？」

「そう、ちえの教育費をつくるんや」

わたしのために、母は夜いないんだ……そう思えば、寂しくはありませんでした。

幸せの雪うさぎ

瀬戸内海の温暖な気候の町で暮らしていましたが、幼い頃に一度、たくさん雪が積もったのを覚えています。わたしは興奮しました。祖父母と母は、雪だるまや雪うさぎを一生懸命に作って見せてくれました。

雪うさぎをとても気に入ったわたしを翌朝悲しませないようにと、母はその晩、雪うさぎをお皿に載せて冷蔵庫へ入れました。

「雪うさぎ、明日も会える？」

「大丈夫や、今冷蔵庫で眠っているの。明日もちえと遊びたいってさ」

だけど、その雪うさぎには二度と会えませんでした。

翌朝、お皿の水たまりのなかに、赤い目玉の南天《なんてん》の実がふたつ、恨めし気にわたしを見ていました。

祖母と幼い頃のわたしと雪うさぎ

わたしは今、北海道で一人暮らしをしています。

雪の降り始める季節になると、ときどき、あの日の雪うさぎを思い出します。幼い頃、あんなにたくさんわたしのまわりにあったはずの幸せは、雪うさぎと同じように、消えてなくなってしまったのだろうか……。いったいどこへ行ってしまったの。

わたしはもう二度と、誰からも雪うさぎを作ってもらうことはないのだろう。

母の再婚

「ちえ、今日はお母さんのお仕事お休みだからね。お兄ちゃんの家に遊びに行こう」

母はときどき、そのアパートへわたしを連れて遊びに行きました。

狭いアパートのギシギシいうドアを開けて出迎えてくれるその人が好きでした。遊んでくれる楽しいお兄ちゃんだと思って、なついていたのです。その人のことを、わたしはお兄ちゃんと呼び、母は「ミツオさん」と呼んでいました。

お兄ちゃんは肌の色が黒く健康的だけど、いつもちょっと怖い感じの服装をしていました。

最初の出会いからどれくらい経ったときかは覚えていませんが、ある日、母はいつものようにわたしを車に乗せました。お兄ちゃんの家に出かける日の母は、なんだかきれいで、少しいい匂いもしたので、好きでした。その日はいつも以上にきれいに見えました。

ハンドルを握った母は、不意にわたしにこう言いました。

「ちえ。今日からお兄ちゃんのことは、お父さんって呼ぶんやで」

そのときわたしを襲った、黒雲が立ち込めるような不安感を今でもよく覚えています。

「嫌や……それは、嫌や」

すぐにわたしは拒否を示しました。

「なんで？　ちえも、ミツオさんのこと好きやろ。優しいやろ。何が嫌なん？」

そう言われると、何が嫌なのかははっきり答えられません。

「……わからんけど、嫌や」

「人見知りか。な。お兄ちゃんが、お父さんになるだけや。呼び方が変わるだけやろ。それなのに何が嫌なん？　ちえがミツオさんのことをお父さんと呼べば、ミツオさんは喜ぶし、もっとちえに優しくなるよ」

嘘だ……。咄嗟《とっさ》にそう直感しました。

「なあ。お母さんを困らせないでな。頼むわ」

車が赤信号で停まるたび、母はこちらを向いて、幼いわたしに懇願《こんがん》します。

「頼むわ。頼むわ。ちえのためなんよ」

「……」

「お父さん、欲しくないの？」

お父さんが欲しくないのか？　と言われれば欲しいような気もしてきます。でも、あのお兄ちゃんがお父さんになるのは、違う、絶対に違う……そうこうしているうちに車はお兄ちゃんのアパートに着いて、母は、さあと背中を押しました。

それが、娘のわたしの義務なのだというふうに。

「ちえちゃん、こんにちは」

今日からお父さんと呼ばなければいけない人が顔を近づけてきてわたしの目を見ました。

「……こんにちは」

「ちえ、ほら！」

「……」

「ちえ、さっきお母ちゃんと約束したやろ」

「……こんにちは。おにい、おとう、さん」

胸が張り裂けそうだったことを覚えています。

「お父さん」は、そんなわたしを見て、静かに笑いました。

「そう。それでええ」

屈服《くっぷく》。そう、その笑みに含まれていたのは屈服させたことの快感です。しかしわたしはまだ、そんな言葉を知りません。いくらお父さんが笑っても、いつものように微笑み返すことはできませんでした。

それからまもなくして、義父となったミツオさんとの同居が始まりました。

幼いわたしはただ戸惑うばかりです。なぜ一緒に住まねばならぬのか。いつも独占していた母のぬくもりに、違う匂いが混じりました。だけど祖母は、「ミツオさんはあなたの本当の父親だ」と言うのです。「お父さんは長く遠いところへ行っていたんだけど、ようやく戻ってきたんや。よかったなあ」と説明され、それになんとなく納得したのです。ミツオさんが、本当にわたしのお父さん。お父さんは土木現場で働いており、大型トラックに乗って仕事へ行きました。夜中にエンジンの音で目が覚めることもありました。母にとっては2度目の結婚生活となりましたが、ミツオさんは初婚だったそうです。

そして、「お兄ちゃん」だった頃のようには、わたしと遊んでくれなくなりました。

悪天候で仕事が休みになり家にいるときや、食事のときは、躾《しつけ》だと言ってはわたしを虐《いじ》めました。見たいテレビをわざと見せない。目の前でお菓子を食べて、「わたしも」と手を出すと、誰が食べていいと言ったんや？　と叩かれたりしました。以前は、わたしのためにお菓子を買って待っていてくれたのに……あのアパートで会った人とはまるで別人でした。母もその異変を感じているはずなのに、気がつかないふりをしているようです。

さらにミツオさんは、今までのようにわたしが祖父母の家へ遊びに行くことをとても嫌いました。「今日は行ってはならない。明日もだ」と。当時、すっかりおじいちゃん、おばあちゃん子になっていたわたしには、これは本当に辛い仕打ちでした。

後に母はこう言いました。

「ミツオさんは血が繋がっていない分、ちえを一刻も早くなつかせたかったんやないか。父親と認めてほしかったんやろな。でも、こころが狭くて哀しいな」と。

そんなことを後から言われても。だからわたしは最初から「嫌だ」と言ったじゃない!

妹が生まれて、変貌する家族

「ちえ、あんたもうすぐお姉ちゃんになるんだよ。もっとしっかりしないとあかんね」

小学2年生の頃、妹が生まれました。四人暮らしの生活が始まったのです。嫌な予感はずっとしていましたが、これが本格的な悲劇の幕開けになりました。

妹が生まれてから、ミツオさんのわたしへの態度がさらに変化していきました。虐めはエスカレートし、あからさまになりました。いつしかわたしは、朝目覚めてから眠りに落ちるまで、ただただ、ミツオさんの機嫌を損ねないように、叩かれないように、そうっと

そうっと生きることを強いられていきました。平成のはじめだった当時、「虐待」という言葉は今ほど一般的ではなく、ミツオさんから虐待を受けているという自覚もなく、苦しみに耐える日々でした。

「ちえが悪いからミツオさんに厳しく怒られるんや」

母は、いつもそう言いました。生まれたばかりの妹の子育てで精一杯だったようです。急にわたしは、遠くに追いやられたようにも思いました。

ちえが悪い。ちえが悪い。ちえが悪い。赤ん坊の泣き声さえもそう言っているように聞こえてきます。幼いわたしには、よその家庭がどんなものか知る由もなく、自分の置かれている環境が異常であると認識するすべもなかったのです。

やがてミツオさんは、まだ小学校低学年だったわたしに、家事全般、特に料理を毎日作るように強制しました。

「女は家事ができないとダメだ。料理は女の仕事だ」

そういうものなのだと思いました。しかし、まだ幼かったので自分ですべてできるわけはなく、母の隣で台所に立ちました。狭くて暗い台所で、母はいつもイライラしながら料理をしていました。「さっさとしな！」と怒鳴りつけ、わたしにきつく当たることもありました。パートの仕事をしながら子育てと家事をすべてさせられていた母には、料理は楽しいものだと娘に教える余裕はなかったのでしょう。だからでしょうか、大人になった今でも、料理をしようとすると圧迫感に襲われます。台所に立つことが苦痛でなりません。髪をとかす暇《ひま》さえなくなり疲弊《ひへい》していく母に、ミツオさんが手を貸すことはありませんでした。母がどれだけ忙しそうに家事をしていても、居間に寝そべってお酒を呑みながらテレビを観ているのです。しかし母は、「手伝って」とミツオさんに頼んだことはなかったように思います。「女である」という理由で？　わたしは納得いかないまま、母を手伝い続けました。

小学校低学年の頃から、洗濯物をたたむのも、わたしの仕事になりました。いくら遊びたくてもミツオさんの命令は絶対でした。命令に逆らえば叩かれます。怖くて逆らうことなどできませんでした。ある日、どうしても観たいアニメ番組があって、テレビを観ながら洗濯物をたたんでいました。それをミツオさんに見つかってしまい、「テレビを観ながらたたむな！」と突然怒鳴られました。

日々の理不尽《りふじん》さに耐えがたくなっていたわたしは、そのまま聞こえないふりをして、テレビを見続けました。するとミツオさんは、突然、悪魔的な意地悪な笑い声を立てながらツカツカと歩いてきてテレビの電源を落としました。

「なんていう態度なんだ！　女のくせに父親に抵抗するとはどういうことだ！」

「なんとか言え！　女のくせにお父さんの言うことを聞かなかったことを謝れ！」

「……」

「……ごめんなさい」

もう、そのアニメを観たいという気持ちすらなくなりました。

食事中も躾と称して、マナーが少しでも悪ければ暴力をふるうようになりました。ちょっとお喋りをしたり、箸の持ち方が悪かったり、テーブルに肘《ひじ》をついてしまったりしただけで、箸の太い方で、突然頭を強く叩かれました。泣きながら食べる食事は、いつも涙と鼻水の味がして美味しいと感じたことはありません。

いつしか、食事の量さえもミツオさんが決めることとなりました。わたしが好きなお肉には制限がかかり、苦手な野菜を大量に皿に盛られました。たとえば、生姜《しょうが》焼きならばほんの二口くらい。鶏のから揚げなら、一個だけ。食べ盛りだったわたしには、とうてい足りない量でした。逆に、ミツオさんが盛った野菜はすべて食べきらなければ、怒鳴られたり、太い箸で頭を強く叩かれてしまいます。今は食べられるようになりましたが、子どもの頃は茄子《なす》が苦手でした。しかし食べろと強制されたため、丸飲みして食べようとしたのですが、うっかり吐き出してしまったことがあります。

「おい、なんだおまえ！　きったねえな」

ミツオさんが凄《すご》みをきかせた大きな声を上げます。叩かれる！　咄嗟に両手で頭を押さえたわたしを、笑いながら罵《ののし》りました。

「なんだおまえ？　その顔は？　こいつはどうしようもない馬鹿だ！　あははは。大馬鹿だな」

馬鹿だ馬鹿だ馬鹿だ、誰に似たんだ、誰に似たんだ、お前は馬鹿だ馬鹿だ馬鹿だ馬鹿だ……。

ミツオさんはその頃より、二言目《ふたこと》には、「ちえは頭が悪い」と罵るようになりました。そのたびにわたしは、自分は頭が悪いのだ、他の子よりも劣《おと》っているのだという呪いにかかり、言われるたびに自信をなくしていきました。同時に、母に申し訳ないような気持ちにさえなったのです。だって母は、ちえは頭がいい子だと昔、言ってくれたじゃないか。キティちゃんの描かれたあのテーブルで頭を撫でてくれたじゃないか。しかし母はもう、わたしを褒《ほ》めてはくれなくなりました。

食事の時間も耐えがたいものでしたが、お風呂の時間も苦痛でしかなくなりました。ミツオさんが家にいるときは、異常に熱い湯を張られ、そこに長時間入れと命令されました。限界が訪れて湯船から出ようとすれば、誰が出ていいと言ったのだと殴られます。のぼせて吐くまで出られませんでした。さらに、必ず肩まで湯に沈めろと押さえつけます。「もう熱いから出たい！」と懇願すれば「100数えろ！　それまでは出るな！」と言います。「1、2、3、4、5……」とふらふらになりながら数を数えると、「数え方が早い！最初からやり直せ！」と命令がくだります。どんどんのぼせていき、気を失いそうになったことも何度もありました。犬を散歩させたときに転んで膝小僧を怪我《けが》しても、その儀式が変わることはありませんでした。傷口にお湯がしみる痛さに、涙がこぼれ落ちることも何度もありました。

胸もふくらみかけ女性らしい身体に変化し始めた小学5年生になっても、ミツオさんは一緒に風呂に入ることをやめてはくれませんでした。もう自分の裸を見られたくない！嫌だ！　と思うのですが、怖くて言葉にできません。母も止めてはくれませんでした。

勉強にも集中できませんでした。家に帰るといつもミツオさんに家事を強制され、理不尽な命令ばかりされていたため、勉強が面白いと思うこともなく、ただ宿題を事務的にこなすだけで精一杯でした。集中して勉強できなかったためか、特に漢字は何度書いても覚えられずに、平均的な学力が身につかず、ミツオさんにまた頭が悪い！　と罵られる悪循環の日々でした。

おまえは馬鹿だ馬鹿だ馬鹿だ馬鹿だ。

わたしは馬鹿なんだ馬鹿なんだ馬鹿なんだ。

ある日ミツオさんは、絶対漢字を覚えさせるのだと言って、「10分間やるから書いて覚えろ！」とわたしに命令をくだしました。10分間、一生懸命に漢字を書きました。しかし、この後に殴られるのだろうかと思うと、その恐怖感から頭に入ってきません。息遣い、目線、伝わる体温。この男の人が怖い！という感情がむくむくと湧き上がってきます。漢字を書きながらも、ミツオさんの動きにびくついてしまい集中できません。まるで蛇に睨《にら》まれた蛙。蛇に呑み込まれるのが怖くて、頭が動かないのです。

「10分経ったぞ！　さあ、テストだ」

正解を書けなかったわたしは、金属のハンガーで太ももを思いきり叩かれました。太ももには酷いみみず腫《ば》れが何本もできました。痛いのと情けないので嗚咽《おえつ》しました。

読者の皆さんのなかには、義父なのにずいぶんと教育熱心な人だと思われる方もいるかもしれません。しかし、ミツオさんはＰＴＡなど保護者の教員と関わることは一切ありませんでした。父親参観の日も一度も来ませんでした。いえ、母も経済的に苦しく、妹の子育てに忙しく、生活にゆとりがないため、学校や他の保護者との付き合いは一切ありませんでした。

ミツオさんのことを思い出すと、今でもあの頃の恐怖が首をもたげます。しかし今振り返ってみれば、彼には彼なりの愛情もあったのではないかと考えることもあります。食事のマナーを躾けようとしたり、頭が悪いと言っては勉強させようとしたり、家事を覚えさせようとしたり……ミツオさんなりにわたしを育てようという想いは、もしかするとあったのかもしれません。不器用でゆがんだ愛情が、結果として虐待になってしまっているのではないか、と。人はみんな不器用で、感情の表し方もそのときどきで変化していく複雑な生き物だと思うのです。もちろん虐待は許されるものではありません。しかしミツオさんには、加害者という側面だけでなく、愛情があるからこそ不適切な行動をしてしまうという側面もあったと今は思います。人間とは多面的なものなのでしょう。わたしも、そうだから。

昨今、虐待事件の報道を見ると、ひとつの側面のみが報道され、残忍さしか伝わってこないようなものが多いと思います。しかし真実はもっと複雑で、多面的で、子どもへの愛情が不適切な養育に変容してしまうケースも多いのではないかと思っています。

わたしが小学6年生に近づいたある日の夜のことです。寝ようとしていると、ミツオさんがわたしの部屋に突然入ってきて、耳元に顔を寄せました。そして耳元でこう言うのです。

「ちえ、可愛いな。抱かせてくれ」

性行為というものをまだ知らなかったわたしは、その意味がわかりません。戸惑っているとと抱きしめられました。そして何度も抱かせてくれ！　と言います。そのとき母は不在でした。いつもと違い、とても優しい声のミツオさん。叩いてくる気配はなかったので、それほど拒むことなく、ミツオさんに抱きしめられました。すると、「キスさせてくれ」と言われました。その意味はさすがにわかったため、「嫌や！」とその腕から逃げようとしました。しかし、その弾みでわたしは布団に押し倒されました。馬乗りになったミツオさんは蛇のように舌を出して、わたしの唇を舐《な》めたかと思ったら、その舌を口のなかに荒々しく入れてきたのです。

汚い！　気持ち悪い！

必死で顔を左右に振って抵抗を試みました。唇を離したミツオさんは「これがキスなんや」と優しく言いました。そして勃起したペニスをズボンの上からわたしに触らせてきました。

「男はな、興奮するとおちんちんが硬くなるんや」

股間をわたしに押しつけてきます。

「ちえももう大きくなってきたから、これに興味あるやろ？」

その硬いものをおそるおそる触りました。でも、わたしには、それが何を意味するのかわかりませんでした。今思い出すと、おぞましくて吐き気がし肌が粟立つような記憶です。挿入こそなかったものの、それがわたしにとって初めての性体験でした。ミツオさんはわたしに対して、複雑な感情を抱いていたのだと思うのです。

「人間は年齢ではない」と思い知らされた

小学生の頃の我が家は、犬を二頭飼っていました。どちらも雑種で、一頭はテリーというメスの茶色の中型犬。もう一頭はジャックというオスの黒い大型犬でした。毎日の散歩は、なぜかわたしの仕事とされていました。ジャックは大型犬だったため、引きずられてよく転んでいたので、擦り傷が絶えませんでした。

二頭の犬は、庭にミツオさんが手製で作った狭いコンクリートの檻《おり》に入れられていました。暑い夏も、寒い冬もいつも狭いコンクリートの檻のなか。真冬は眠るのも寒かっただろうと思います。母もミツオさんも二頭を檻に入れたまま放置するだけで、可愛がることはありませんでした。

学校から帰宅して宿題を終えたら、どうしても少しは遊びたくなってしまいます。

そのため犬の散歩はついつい夜間になってしまいました。暗闇が怖くて、いつもビクビクと怯えながらの散歩でした。檻から解放されて楽しそうに散歩する犬たちが哀れだと思いながらも、毎回早々に散歩を切り上げて逃げ帰り、またコンクリートの檻のなかに入れるのでした。

ある日、まだ陽が高いうちに犬の散歩をしていたら、向こうから柴犬を二頭散歩させているおじさんに出会いました。ジャックは気性が荒かったので、他の犬を見ると、吠えて向かっていってしまうのです。喧嘩になれば大変なことになる!

「待って!」

必死でジャックのリードを摑《つか》みました。しかし気が荒くなったジャックは、柴犬二頭に全力で向かっていきます。どんなに必死でリードを摑んでも、どんどん柴犬の方へ引きずられてしまいます。おじさんは立ち止まり、「ほら! がんばって引っ張れ!」と言います。

「だめ!」

もうだめだ。低い唸《うな》り声を上げるジャックのリードを持つのを諦め、その太い首を抱きかかえて夢中で押さえつけました。それでようやく犬同士を引き離すことができましたが、その次の瞬間、強烈な痛みに襲われました。抱きかかえられたジャックは抑えきれない衝動から、わたしの太ももに嚙みついたのです。牙《きば》が肉の深いところにまで食い込んできました。激しい痛み。きっと血が流れている。それでも、わたしは必死でジャックを押さえ込みました。

「ああ、血が出ているじゃないか！　お母さんとお父さんは？」

見かねたおじさんは、ジャックを落ち着かせ、口ごもるわたしを気遣いながら家の前まで一緒に来てくれました。そしてミツオさんに「あんな小さい子どもに大型犬を散歩させちゃダメだよ！　それでも父親なの？」と注意しました。ミツオさんは、その場では目を伏せ、「わかりました。すみません」と対応をしていました。「早く娘さんの傷の手当を。破傷風《はしょうふう》になったらどうするの」「すみません」……しかしおじさんが出て行ったとたんにその顔はみるみる青ざめていきました。

「おまえのせいで怒られた！　なんで俺がお前のせいで謝らんといかんのや！　この馬鹿野郎が！」

犬に噛まれた太ももが、ミツオさんの叫び声でさらに痛くなっていきました。太ももの傷はしばらく残りましたが、病院に行くことも、その夜遅くに帰って来た母がその傷に反応することもありませんでした。

母が、どんどんわたしへの興味をなくしていっていることには気づいていました。ネグレクトという言葉を知るのは、まだまだずっと先の話です。

ミツオさんは普段からお酒ばかり呑む人でした。

酒を呑んで母に暴力を振るったり、突然キレて茶碗を壁に投げつけて割ったり。外で呑んできたかと思えば、喧嘩で殴った相手の返り血で服を真っ赤に染めていたこともあります。

ある日、珍しくミツオさんと二人で夜間に犬の散歩に行ったときのことです。わたしは中型犬テリーのリードを、ミツオさんは大型犬ジャックのリードを持って散歩していたのですが、酔っ払っていたミツオさんは、何も悪さをしていないジャックを蹴飛《けと》ばし始め、愉悦《ゆえつ》に顔をゆがめています。大人の男に何度も蹴飛ばされたジャックは、きゅるきゅると鳴き声も弱っていき、ぶるぶると脅えて震えていました。見ていられなかったわたしは、蹴飛ばされているジャックのリードもわたしが持つことにし、ミツオさんの暴力を止めさせたのです。するとミツオさんはさらに顔をゆがめました。

「おい、犬を逃がしたら、おまえを殴るからな」

そしてミツオさんの予想通り、わたしはあえなくジャックに引きずられて転び、逃がしてしまったのです。

しまった。殺される……。

その殺気立った気配から逃れるため、真っ暗な夜道を「ワーッ！」と叫び声を上げながら、わたしは全力で走って逃げました。

ミツオさんは、全力で追いかけてきました。振り向く余裕もなかったけれど、不気味な笑い声が聞こえた気がして、さらにぞっとしました。

待〜て〜よ〜こ〜ら〜。

わたしはとうとう転んでしまいました。

痛っ！　強く膝を擦りました。走って近づいてきた父が不意に立ち止まり、蹲《うずくま》ったわたしを見下ろしています。

「あ〜あ。あ〜あ。また服に泥がついたやないか。あ〜あ。みっともないな。おまえは本当に馬鹿。馬鹿だ馬鹿。大馬鹿者だ。はははははは。はははははは」

ミツオさんは、とても愉快そうにわたしを見下ろして笑い続けます。その酒のまじった唾《つば》を浴びながら、辛さと悲しさでむせび泣きました。

小学生の頃のわたしは、義父と母からどんなに裏切られ続けても、どこかで、大人というのは「完璧になること」だと信じていました。

完璧な正義感、完璧な振る舞い、完璧な優しさ、完璧な平和。それを子どもに教えてくれるのが、大人の役目であると信じたかったのです。しかし「大人幻想」は、このとき、冷たい道路に倒れたまま見上げたミツオさんの後ろに消えてなくなりました。子どものわたしでも、蹴飛ばされている犬が可哀想と思うこころがあるのに、大人のミツオさんにはそのこころがない。そして、なぜ、できないとわかっている大型犬のジャックのリードをわたしが自ら持つと言い出したのか。そのこころも見えていないミツオさんの人間性が、あまりに哀れで、泣きました。

人間は、年齢ではない。このときに学びました。年を重ねても成長できない人間もいる。むしろ、そういう人間のほうがこの世には多く存在するのではと気がついたのです。

虐待経験から学んだ一番大きなことは、大人への不信感でした。

ミツオさんはよくプロレスごっこを仕掛けてきました。それも、大人の振る舞いではなかった。幼い男の子同士でじゃれて遊ぶうち、相手の痛みが想像できずに本気になってしまうのと同じレベルで、わたしを乱暴に扱いました。

やめて。お父さん、苦しいよ。もうやめて、やめて。懇願してもミツオさんは決してやめません。畳に投げ飛ばされたこともあります。衝撃で息が一瞬止まり、激しく咳き込んで涙がこぼれても、ミツオさんは楽しそうに笑っていました。こうしたプロレスごっこを、妹に仕掛けたことは一度もありませんでした。

あるときミツオさんは、何も悪さをしていないわたしの鳩尾《みぞおち》を突然拳《こぶし》で殴ったことがあります。激しい痛みで体を折り大泣きしました。それを見ていた母は、このときばかりは驚いて駆け寄ってきて、心配そうにわたしのお腹をさすりました。鳩尾を殴られたことのある人ならわかるかもしれませんが、衝撃的な痛みに一瞬、息が止まります。その後しばらくすると、胃のあたりが気持ち悪くなり、吐き気が止まらなくなるのです。

なんでこんなことするの！　母はミツオさんに怒りましたが、彼は、なんだよ、この程度のことでうるせえなと、ふてくされていました。小さな少年のように。母の言い方は、決して強いものではありませんでした。母もミツオさんに暴力を振るわれることがあったため、それほど強く怒ることができません。我慢して耐えているような顔をいつもしていました。

わたしはこの物語を執筆するなかで、過去を追体験し思い出しているのですが、鳩尾を殴られたときの衝撃的な痛みとその後の吐き気がフラッシュバックして、今、腹部の不快感に襲われています。二日間ほど寝込んでしまいました。

虐待の記憶は大人になっても長く残り、消えるものではありません。そして、何かの拍子にフラッシュバックを起こし、大人になった今でさえ、体調や精神面に悪影響を与えるのです。

妹を憎たらしいと思った日

妹ができたのは、わたしが8歳の頃でした。妹を出産するとき、母は九死に一生を得ます。早期胎盤剥離《たいばんはくり》という分娩異常のひとつで、胎児娩出《たいじべんしゅつ》以前に胎盤がはがれてしまい、大出血を起こしたのです。母子ともに命の危険性が高かったため、医師は麻酔をする時間もないまま母のお腹をメスで切り、赤子を頭から引きずり出しました。母は悲鳴を上げたそうです。

家族にそんな一大事が訪れているとも知らず、わたしは母の入院前に、母の友人宅へ預けられていました。するとミツオさんが車で迎えにきて、一緒に病院へ行こうと言いました。ハンドルを握ったまま、ミツオさんはずっと黙っています。いつもとまったく様子が違いました。しばらくの沈黙が続いた後、こう切り出しました。

「お母さん、死ぬかもしれへんわ……」

混乱したまま母の病室へ入ると、母は呼吸器をつけ、輸血を受けながら眠っていました。ベッドを囲むようにして、祖父母や親戚たちが十数人、一様に暗い顔をして立っていたのを覚えています。死なないで！　わたしを置いていかないで！

祖母がしゃがみ込んで、「ちえが独りになってしまう！」と大泣きします。ばあちゃん、独りって？　だってわたしお父さんおるやん？　祖母が言いたかった意味は大人になってからわかりました。

こんな凄まじい体験をした母と妹でしたが、どちらにも後遺症は残らず、元気に回復することができました。あの日、あんなに悲しそうにしていたミツオさんは、案の定、その後も一切手伝わず、子育てと家事はすべて母にさせ、自分は酒を呑んで寝そべってテレビを観ている日々が戻ってきました。

妹が生まれたとき、わたしは「お姉ちゃんになったんだ！」と誇らしく嬉しかったのを覚えています。ベビーベッドのそばに行き、お姉ちゃんらしく話しかけ、妹の面倒を見ることで、自分が大人になったような気分でいました。可愛くて仕方がなかったのです。

妹の名前はミツオさんが考えて決めました。友人を家に呼んで、辞書を引きながら名前の候補を紙にいくつも書き出して誇らしげに相談していました。最終的に「真祐美」に決めると、習字道具を持ち出し、書道紙に名前を清書し、壁に貼ってうっとりと見つめていました。わたしに暴力を振るうときの顔とはまったくの別人でした。

ミツオさんに決められた就寝時間は夜9時でした。これも絶対的なルールで、1分でも9時を過ぎて布団に入っていなければ殴られました。それ以降に布団から出ることは、トイレ以外、一切許されません。しかし隣の部屋では、遅い時間までミツオさんは妹と無邪気に遊び、楽しそうな笑い声が聞こえてきたのです。わたしはその声を聞きながら眠りに落ちるまで寂しさでいっぱいで涙が出てきました。

また、ミツオさんはわたしの欠点と比較して、妹の長所を褒めるということも日常的によくありました。「こういう点に違いがある」と言い、妹の長所をことさら強調して話すのです。ミツオさんが本当の父だと思っているわたしには、その意味がわかりませんでしたが、母はその言葉を聞くたびに、苦々しい顔をしていたことを覚えています。

不公平だ、おかしい、どうして……いろいろな感情がないまぜになって、あんなに可愛いと思っていた妹への感情が、いつしか変化していきました。「可愛い、抱きしめたい」から、憎たらしい、「消えてしまえばいいのに」と……しかし、まだ幼かったわたしには、どうして妹を憎くなったのか、その感情の源がわからないのでした。ヨチヨチと近づいてきただけで、あっちへ行け！　と怒鳴りつけました。悲しそうにする妹を見ても、憎しみしか感じないようになってしまっていたのです。面倒を見ずに逃げるわたしを、お姉ちゃん！　と泣き叫びながら追いかけて来たこともありました。

しかし、言葉のわかるようになった妹の真祐美は、そんなわたしを嫌うどころか、いつも心配してくれました。自分をいじめた姉のことを心配までしてくれる子になったのです。

わたしなりに頑張って優しく話しかけたときのこと。妹は母のところへ駆け寄って、「お姉ちゃんが優しくしてくれた！」と大喜びした姿も忘れられません。ある年の誕生日には、わたしが大好きだったアニメのキャラクターのキーホルダーをお小遣いから買ってプレゼントしてくれました。

両親の激しい夫婦喧嘩の夜、妹と二人で裸足のまま近所に助けを求めに走ったこともありました。そんなこともあったなあと、大人になった今では明るく笑い話にしてくれます。子ども時代の怨《うら》みがましいことは一切なく、過去を笑い飛ばして姉を気遣ってくれる優しい妹なのです。大人になって、いろいろなことを理解し、ようやく仲良しになれた姉妹ですが、小さい頃にあんなに妹を悲しませたことは、涙が出るほど後悔しています。

俺はおまえの本当の父親じゃない

小学6年生になっても、テレビを観せてくれないため、ドラマや映画などで性行為のシーンを見る機会もありませんでした。しかも夜9時には絶対に寝ていないといけないのですから、わたしは同級生よりはるかに奥手な子どもでした。性行為をすると子どもができるという基本的な知識さえも、ありませんでした。

そんな頃、わたしが11歳のときです。

「俺はおまえの本当の父親じゃない」

ある日突然、ミツオさんはそう言いました。

居合わせた母は非常に驚き、泣き出したかと思ったらトイレにこもってしまいました。わたしはというと何がなんだかわからないなか、本当の父親だと思っていた人は、わたしが5歳のときに母が再婚した義父であること、そして、妹とも半分しか血が繋っていないことを理解しました。呆然としているわたしに向かってミツオさんは突然、土下座をしたのです。今まで騙《だま》してきて、悪かった。本当にすまん！と。大粒の涙を流しています。

思えばそれまでも、急に泣いたり怒ったりと、ミツオさんは感情の起伏《きふく》の激しい人でした。お酒を呑むと泣き出し、貧しくて辛かった子ども時代のことなどを母に愚痴《ぐち》っていました。さっきまで泣いていたかと思いきや、急に目つきが変わって攻撃的になり、母に物をぶつけたり、わたしを虐待したりしました。

だから、このときの本当の父親ではないという告白も、計画していた行動とは思えません。怒ったり、泣いたり、虐めたり、優しくなったり……安定した精神の持ち主ではなかったため、衝動的に告白したのだと思います。

驚きましたが、しかし意外と冷静な自分もいました。ああ、やっぱりね。そういうことかと、妙に納得もしたのです。ミツオさんがずっとわたしを理不尽に虐め、妹と差別してきたことも、ようやく納得がいきました。

母は、突然の告白に泣いていましたが、その後、わたしをフォローするとか、騙していたことを謝るなどといったそぶりはありませんでした。母は母で、いつも自分のことに精一杯で、子どもへの心理的なサポートが、とても苦手な人だったと感じています。告白があったからとて、その後のミツオさんの態度が変わることもまた、ありませんでした。しかし、ミツオさんからの虐めは、血の繋がらないわたしをうまく愛せない不器用さからくるのかなと、うすうす感じ取るようになっていました。


大人になった今、それは確信めいたものに変わってもいます。

母や妹が不在で二人きりのときは、普通の優しいお父さんでいてくれたこともあります。中華料理屋に連れて行ってくれた夜をときどき思い出します。

「ここの豚まん、ごっつ美味いんや。たくさん食べなさい」

そう言ってわたしの頭を優しく撫でてくれることもありました。

普段は叩かれるので、ミツオさんの手が伸びるだけでビクッと身体が反応してしまうのですが、そういうときは、いつもとは違う、まともなミツオさんが存在することも感じていました。

そう、生き物が好きだったわたしと一緒に、夏休みに朝4時に起きて山へカブトムシやクワガタムシを捕りに連れて行ってくれたことも何度もありました。そういう楽しい想い出も、苦しくて痛い想い出とともに、わたしの頭のなかで混ぜこぜになり、まるで曼荼羅《まんだら》絵のようになって複雑な模様を描いています。

わたしのちょっとした仕草に「こいつのこういうところが可愛い」と嬉しそうに言うこともありました。普段は意地悪に虐めるのに、突然、目を細めて可愛いと言う。急に抱きしめてきてキスをすることもあった。地獄の記憶のなかに愛情めいた片鱗《へんりん》を見つけては未だに混乱もします。

母とのLINEでの会話

この書籍の原稿は、母にも読んでもらい了承を得て書いています。これまでの話を母に読んでもらい、LINEで母と当時を振り返り会話しました。その一部を掲載します。

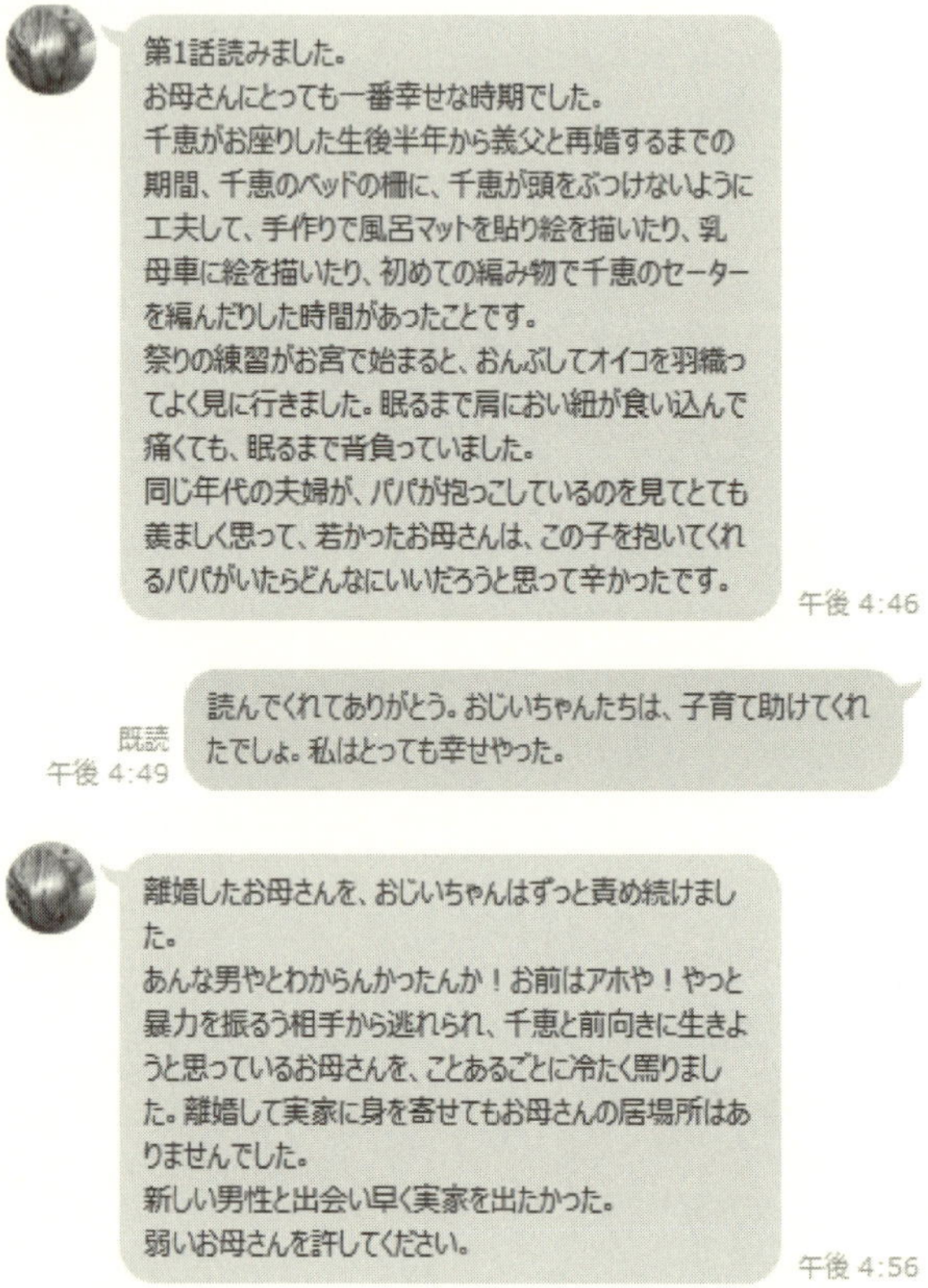
第1話読みました。

お母さんにとっても一番幸せな時期でした。

千恵がお座りした生後半年から義父と再婚するまでの期間、千恵のベッドの柵に、千恵が頭をぶつけないように工夫して、手作りで風呂マットを貼り絵を描いたり、乳母車に絵を描いたり、初めての編み物で千恵のセーターを編んだりした時間があったことです。

祭りの練習がお宮で始まると、おんぶしてオイコを羽織ってよく見に行きました。眠るまで肩におい紐が食い込んで痛くても、眠るまで背負っていました。

同じ年代の夫婦が、パパが抱っこしているのを見てとても羨ましく思って、若かったお母さんは、この子を抱いてくれるパパがいたらどんなにいいだろうと思って辛かったです。

午後 4:46

既読
午後 4:49
読んでくれてありがとう。おじいちゃんたちは、子育て助けてくれたでしょ。私はとっても幸せやった。

離婚したお母さんを、おじいちゃんはずっと責め続けました。

あんな男やとわからんかったんか！お前はアホや！やっと暴力を振るう相手から逃れられ、千恵と前向きに生きようと思っているお母さんを、ことあるごとに冷たく罵りました。離婚して実家に身を寄せてもお母さんの居場所はありませんでした。

新しい男性と出会い早く実家を出たかった。

弱いお母さんを許してください。

午後 4:56

謝らなくていいよ。お母さんを責めるために書いているわけじゃないから。おじいちゃん、そんなに酷かったのは小さかったからわからなかったわ。再婚して実家でれて楽になった？

既読
午後 5:00

次に幸せだったのは
貴方の妹が生まれて、赤ちゃんの時、千恵がまゆみを可愛がりおんぶしたり一緒に寝たりしてくれたことです。2人に絵本を読む時間も幸せでした。お母さんは、義父が千恵にしていたことは、身を切られるほど嫌でしたが、それを庇うともっと虐めるので、すごく我慢してました。庇うと、「俺の躾に逆らうなら、俺の子じゃないからもう面倒見ない」と言い、さらに虐めました。

その件でよく喧嘩してました。もっとエスカレートするから庇うことを諦めるようになりました。

腹わたが煮えくりかえる思いをお母さんはずっと耐えていました。

千恵に対しての件は、本当にずっと喧嘩になっていたんです。

悲しかったし怖かったです。

午後 5:11

私は、お父さんから虐められているのに、どうしてお母さんは助けてくれないんやろって心の中で叫んでた。虐められるよりも、お母さんがかばってくれないことの方が悲しかった

既読
午後 5:13

ごめんな千恵

午後 5:14

うん

既読
午後 5:14

早く別れたくても、貴方の妹が出来て身動きが出来ませんでした。貴方の妹には悪いけど、夫婦間の強姦にて妊娠しました。お母さんは貧困もあり、経済的に次の妊娠などあり得ませんでした。それと千恵だけで充分でした。義父との間に子供は作りたくないと考えていました。だって、千恵がもっと虐められたらと心配だったから。

午後 5:22

既読
午後 5:23

そこまでのことは分からなかったけど、とても貧しかったことは小さかったけど覚えてる

言うのも辛いけど
避妊はコンドーム無しの外出しでの射精で避妊してました。ある日、何の話し合いも無く中で出してしまった義父にお母さんはパニックになって悲鳴をあげましたが「二人目出来たら別にええやん」とだけ言いました。当時、出産の費用も無いのにですよ！深く怨みました。こんなのレイプです。まともな結婚生活ではありませんでした。お母さんは千恵のことばかりが気がかりでした。かわいそうなことばかりで。

午後 5:29

既読
午後 5:30

正直・・・・、内容にびっくりしてるけど、、私がもう３５歳やから告白したん？

そうやで、ごめんな

午後 5:30

既読
午後 5:31

うん

既読
午後 5:33

お母さんが、私がお父さんに虐められて一回だけかばってくれたこと覚えてる。義父の親戚の家で、何も悪いことしてないのに、義父にみぞおちをグーで殴られて、息が止まって大泣きしたとき、激怒してくれたやん？

覚えてるんやね。
午後 5:34

うん。よく覚えてる。お母さんもびっくりして心配してお腹さすってくれて、お母さん、怒ってわたしを連れて親戚の家から帰ったやろ？
既読
午後 5:35

許せなかった。

義父にも義父の身内にも怒りました。

でも、千恵は頭の良い優しい子やから、気を使って、「お母さん私なんともないよ」とお母さんを労ってくれたんや。

お母さんは千恵のことがずっと可愛いかったです。

午後 8:24

第2章
「離婚」「貧困」「再婚」「虐待」でぐるぐる。

優しかった母までもわたしを傷つけた

なぜ真面目な女の人ほど、ダメな男を支えちゃうんだろう。大人になって周囲を見渡しても、そう思うことがよくあります。ＤＶに懲《こ》りて、ようやく新しい恋人を得たのに、その男もまたＤＶをする人だった、という話もよく耳にします。

義父のミツオさんは土木工事現場で働いていました。でも、よく家でゴロゴロしていました。結婚する前はどうだったかわかりませんが、あまり働いているようには見えませんでした。また、１歳のときに別れたわたしの実の父も、真面目に働く人ではなかったようです。

そのため、母は常に経済的に苦しく、ミツオさんとの間に妹が生まれてからはさらに食べていくことが大変になったようでした。ミツオさんのわたしへの虐待を認識していたにもかかわらず、娘を庇う精神的な余裕はなかったようでした。

幼い頃の妹は身体がとても弱く、喘息《ぜんそく》が酷くて入退院を繰り返していました。妹の入院に付き添い、その合間にパートで生活費を工面し、料理や洗濯などの家事のすべてを母一人でこなし、わたしも子どもながらに手伝いはしましたが、母は疲れていきました。うどん屋でパートをしていたときは、洗い物をしすぎたのか母の手の皮はボロボロにむけて、顔をしかめながら塗り薬をしょっちゅう両手に塗りこんでいたことを覚えています。新しい洋服を買う余裕もなかったのでしょう。毎年同じコートを着ていました。ミツオさんと結婚する前の、きれいにしていた母は変わっていきました。かつての優しい面差しも、幻だったのでしょうか。まるで般若《はんにゃ》のような姿に変貌していきました。毎日イライラしては、子どもに当たり散らす怖い女でした。

ミツオさんの顔色をうかがってビクビクしていたわたしは、いつからか母の顔色まで気にするようになり、四六時中、両親の動向を探っていました。

当時わたしたち家族が借りていたのは、平屋の古いボロボロの一軒家です。一軒家といっても狭い台所に6畳の畳の部屋が2つと、4畳半の部屋が1つという4人家族には狭い家でした。わたしは4畳半の部屋を個室にあてがわれ、小学校低学年からひとりで就寝していました。両親と幼い妹は6畳の部屋で3人で川の字に並んで寝ていました。残りの6畳の部屋が食堂兼居間でした。あまりにも古い建物だったので、友達に家を知られるのが恥ずかしかったのを覚えています。生活が苦しくなるにつれて、両親の会話も目に見えて少なくなり、夫婦仲は冷えきっているように感じました。ミツオさんがお酒を呑んだときだけ、何度も同じ愚痴を話し続けるため、母はいつもうんざりした顔をしていました。

お母さんに、嫌われないように。義父さんに、怒られないように。

母の顔色をうかがうことは、父の顔色をうかがうことの何倍も、しんどい気持ちになりました。本当に危ないときは、きっと母が守ってくれるだろうという最後の砦《とりで》が徐々に浸食されて、バランスを失って壊れていくようでした。母はあきらかに、見て見ぬ振りをすることが多くなりました。

お母さん、どうして助けてくれないの？　わたしのことが見えないの？

思春期を迎えて、情報の少ないわたしも男の子と女の子の違いを知り、教室でも少しずつ異性を意識するようになりました。好きな男の子の話題などをしては、顔を赤らめるような季節を迎えていたのです。しかし、わたしは相当に出遅れていました。お洒落をさせてくれる余裕は我が家にはなかったからです。リボンやレースで自らを飾り立て、ショートケーキみたいな恰好をしている女の子を横目に羨《うらや》ましい気持ちを隠して、「わたしとは違う世界に住む友達なんだ」と自分に言い聞かせました。同級生の男子から「お前っていつも男みたいな格好してるな」と言われることもよくありました。同級生の女子の会話にも、ついていくことはできませんでした。そんなわたしの様子を知ってか知らずか、ミツオさんは、さらに理不尽な命令をするようになっていました。

「洋服は、あからさまに汚れている場合を除いて、最低3日は着続けろ」

そんなことをしたら学校でいじめられる。だからこっそり洗濯機にその日の服を入れました。ミツオさんにそれが見つかり、怒鳴られて洗濯機から洋服を出され、「まだ汚れてないだろ！　明日も着ろ！」と投げつけられました。その洋服はいつも親戚のお姉さんからのお下がりばかり。新しい洋服をデパートで買ってもらったことは1度もありませんでした。

「朝、髪はとかすな」

鏡を見ることも怒鳴られるようになっていきました。また、思春期になったわたしは、視力が低下しメガネをかけるようになっていきました。学校で黒板の字が読めないようになっていきました。

「こんな距離で文字が見えないのか⁉　おまえは馬鹿か！」

そう罵られるのが怖くて、どんどん黒板の字が見えなくなっていっても、視力の低下を両親に隠すようになっていきました。結果、余計に目が悪くなってしまったのです。

ある日、洋服は最低3日は着ろという命令を、勇気を出して無視しました。「ちえちゃんは、不潔だ」という理由で、クラスでもいじめを受けるようになっていたからです。ミツオさんの命令を無視するなんて、考えただけで恐ろしいのに、どうしても我慢できないくらい学校でのいじめや嫌がらせがエスカレートしていたのです。

そして、無視したのは本当の父親ではないと知らされたことも大きかったと思います。なぜ、血の繋がっていない人の言うことを従順に聞かねばならないのか、わからなくなっていたのです。

ミツオさんは毎日髪を洗う必要はないとも言いましたが、わたしは毎日シャンプーをして、きれいに髪をとかしました。クラスの女子の誰もが当たり前にやっていることを、なぜこれほどまでに怯えながらやらないといけないのか。ある日、洗面所で髪をとかしているわたしを見かけたミツオさんは、逆上しました。

「お前は、何をしているんだ？　なんのために髪をとかすんだ。そんなの、勉強とまったく関係がないだろう？　ええ？　馬鹿なくせにお洒落をしてどうするんだ！」

母のヘアブラシをもったわたしと、鏡越しに目が合うと、突然太い腕がわたしを羽交《はが》い絞《じ》めにし、後ろから首を絞めあげました。

殺される！

その腕力の強さは、今思い出しても吐き気を催《もよお》すほどです。それまで何度もされたプロレスの技よりも、さらに何倍も強い力のなかに、わたしに対する憎しみを感じずにはいられませんでした。やめて、ちえが死んじゃうよ！　このときはさすがに、母が止めに入りました。ようやくその憎しみのかたまりから解放されて、わたしはせっかくとかした髪をバサバサに乱したまま、玄関まで逃げてぜいぜいと息を整えました。

毎日服を着替えず、髪をとかさなければ、学校でいじめにあう。
毎日服を着替えて、髪をとかせば、父親から、殺されるほどの虐待にあう。

究極の選択を迫られるなか、わたしは苦渋の思いで前者を選択しました。

エスカレートしていく学校でのいじめは、親にも祖父母にも、誰にも相談できませんでした。男子からは、あいつに触ると汚いと言われました。いつもの男子二人組がふざけあって、無理矢理わたしの体にお互いを触らせようとします。わたしに触れてしまった方が負けです。そうした残酷な遊びは休み時間ごと、エンドレスに続きました。メガネケースがメガネごとゴミ箱に捨てられていたこともありました。小学高学年になると、女子は仲良しグループを作ります。クラスで一人だけどこのグループにも入れてもらえませんでした。友達と何人かでトイレへ行くときも除《の》け者にされ、いつも一人でトイレへ行っていました。背後でくすくす笑い声が聞こえます。

気がつけば、友達は一人もいなくなっていました。

小学校は毎日、お弁当ではなく給食でした。班になって机をグループでくっつけ合うという決まりなのですが、汚いという理由でわたしの机だけは左右15センチほど距離を置かれました。

いつしかわたしのこころは壊れ始めていたのか、それとも昼間の学校での辛い経験が夢のなかにまで侵食し始めたのか、就寝時に大声を出すようになっていました。

「うるさい！　黙らんか！！　何時だと思っているんだ、この野郎！」

ミツオさんに夜中に怒鳴られて、目が覚めるようになりました。大声が出てしまう原因は自分ではわかりませんでした。さらに、酔っぱらって帰ってきたミツオさんが、寝ているわたしを叩き起こすことも増えました。やっと眠ると叩き起こされる。うなされて眠れない……毎日が睡眠不足でした。

その頃の母はパートをハシゴし、なんとか生活費を工面していた一方、ミツオさんは地元の高いスナックへ呑みに行くようになりました。

「あんた、あのお金はどうしたの？　呑みに行ったの？　今月の家賃はどうすんの！」

両親の喧嘩が増えていきました。夜中のわたしの叫び声、朝晩関係なく続く夫婦喧嘩の怒鳴り声、罵声、それに続くように、耳をつんざくほどの妹の泣き声。狭い我が家は、いつも誰かが大きな声をあげていました。

「あんたが真面目に働かないのがいけないんでしょう！」

「亭主が何やろうと俺の勝手やろうが！」

茶碗を壁に投げつけて割ったり、酷いときは母親に物をぶつけたり、蹴飛ばすこともありました。お母さんが殺される。でも助けに入ったら、わたしが殺される。そしてわたしが殺されかけても、お母さんはきっと助けてはくれないだろう……母の悲鳴を聞きながら、そんなことをぐるぐるぐるぐると考えていました。

離婚――最後にわたしを抱きしめた義父

うどん屋さんでパートをしていた母はある日、調理場であやまって親指の爪の先の半分を包丁で切断してしまうという大怪我をしました。病院から帰宅した母は、激しい痛みとうずきで、うなり声を上げながら、苦しんでいました。大丈夫？　と何度も母に話しかけました。痛みをこらえて母は笑顔を見せます。そんな大変な状況なのに、母が久しぶりに自分に微笑んでくれたことが嬉しかった。そこにミツオさんが仕事から帰宅し、怪我を知ると、母を罵りました。

「こら何やってんだよ。今日は大事な飲み会の日だったのによ、お前のせいで断らないといけないいやないか！」

かといって、何ひとつ母を手伝うわけではないのです。すべてわたしがやることになるのに。何もしないくせに。余計なことしかしないくせに。世の中の父親って、みんなこうなのだろうか。そう思ったのは、母も同じだったようです。「ごめんなさい」と言った母の声色は冷たく、なんの感情もこもっていませんでした。あれがひとつのきっかけだったように思います。母は、離婚を決意しました。ミツオさんの方が出て行くことになりました。

離婚すると決まった夜、ミツオさんはわたしの部屋にやってきました。

「ちえ。俺とお母さん、離婚してもええか？」

ちっとも驚きませんでした。もうこの家庭に疲れ果て、絶望していたわたしは「ええよ」と本心から答えました。

「そうか」と片頬を上げてみせましたが、なぜかとても寂しそうでした。あんなに母を罵り、わたしを虐待し、さぞせいせいしているだろうと思ったのに、なぜわたしの言葉に失望したかのような表情を見せるのだろうか。

「ごめんな、ちえ」

ミツオさんが近寄って来たので、また羽交い絞めにされるのかと思いきや、ぎゅっと抱きしめられました。このときはキスはされませんでした。でも、その抱きしめているはずの手が、いつ首に向かうかと思い、体はガタガタと震えました。早く、早く、わたしを離して。

「お父さんなんかいらへん！　ちょっと！　ねえ、離してよ」

ミツオさんは驚いたように目を丸くし、回していた腕をほどきました。

「なあちえ。今は欲しくなくてもな、二十歳くらいになったら、女の子はお父さんが欲しくなる。そういうもんなんや……」

何を気持ち悪いことを。ミツオさんの言葉に耳をふさぎました。

「出て行ってください、頼みます」

こうして淡々と別れを告げました。

最後のミツオさんの言葉が、その後のわたしの未来を縛っていくとは、そのときには知る由もありませんでした。しかしわたしは成人後、愛着障害《あいちゃくしょうがい》に陥り、父親が欲しくてたまらず、父親的存在を探し求め続けるのです。

ミツオさんと会ったのは、この日が最後でした。これ以降、二度と会うことはありませんでした。なぜそう言い切れるかって？　その約10年後、ミツオさんは40代後半の若さで、事故で亡くなったのでした。友人と泥酔し、農薬を誤飲しての事故死と母は人づてに聞いてきました。思えば、ミツオさんにはアルコール依存症の傾向がはっきりとありました。お酒ばかり呑み、お酒を呑めば人が変わり暴力を振るう。彼は、アルコール依存症による事故で、死んだのです。

こころの奥で、ずっと死ねばいいと思い続けた義父でした。わたしの不幸の始まりを作った人でした。何度も殺されかけました。何度もこころのなかで殺した男でした。

それなのに、義父さん、亡くなったよと母から聞いたとき、なぜかわたしは号泣しました。大人になって会ってあげればよかったと後悔もしました。

ミツオさんとの離婚後は、母と妹、わたしの三人暮らしが始まりました。わたしが中学生になろうとする頃のことでした。これで落ち着いた暮らしができるとほっとしました。まさか、さらに壮絶な思春期が始まるとは思いもせずに。

中型犬のテリーは、わたしが小学6年生の頃に突然病気になり、あっけなく死んでしまいました。家族から少しも大事にされず、小学生のわたしに夜中に短い散歩に連れて行かれることだけが唯一の楽しみだったテリー。もっと可愛がってたくさん散歩してあげればよかった。ミツオさんが怖くてテリーを可愛がってあげる余裕もなかった自分を責めました。

大型犬のジャックは、いつの間にか檻のなかからいなくなっていました。その理由は、大きくなってから聞かされました。離婚の前後で精神的に追い詰められた母が、「子どもさえも食べさせられへんのに、犬なんて面倒見きれへん！」とジャックを山へ捨てたのだそうです。大人になった今も、あの二頭の犬を不幸にしたことは忘れられません。

食パンの耳で生き延びろ！

小学6年生のわたしと、4歳の妹を抱えて離婚した母。ほぼ働かないで呑んだくれていたミツオさんではありましたが、それでも「共働き」と「シングルマザー」では、貧しさの度合いが違ってくることは、母親自身も、実際に離婚するまで想像が湧かなかったのかもしれません。実家から恵んでもらうお米や、パン屋で無料でもらえる食パンの耳などで、なんとか日々の飢えを凌ぎました。再び離婚しても、祖父母から経済的な援助はなく、もう我が家に様子を見に来ることもありませんでした。

実家からお米をもらってきた母は、情けないと涙を流していました。祖母も祖母で、「米もないんか！」と娘の悲惨さに泣いたと聞きました。それでも厳格な祖父は、経済的な援助は1円もしてくれなかったそうです。

中学に上がるのに際して、制服や鞄などが必要になりました。たとえ公立であっても、進学には諸々お金がかかります。困ったなあ……。母は困った困ったと言い続け、わたしが中学生になることをちっとも喜んではくれませんでした。「喜怒哀楽《きどあいらく》」の喜びと楽しみがなくなって、毎日が、怒りと哀しみだけに染まっていく。それが、貧困です。

中学生になったわたしは、同級生が噂をしている流行のスイーツに憧れを抱くこともなく、いつから流行っていたのかも知らない女の子らしい雑貨を羨ましいと思う気持ちもなくなり、ただ今さらながら、両親の離婚に酷く傷ついている自分を知りました。学校はなんとか行っていましたが、外で遊ぶことはなくなり、ひたすら自室にこもって鬱々《うつうつ》と暗い気持ちで過ごすことが多くなりました。母の怒鳴り声、それに抵抗するわたしの大声や妹の泣き声は隣近所まで丸聞こえだったのでしょう。ある日、隣に住むクボさんというおばさんが、家にやって来て母親に3万円を差し出しました。

「ほら！　これ受け取り！　子どもら、食べさせなあかんやろ、しっかりするんやで」

うつむく母の手にお札を握らせ、クボさんは帰っていきました。もはや、ご近所中がわが家の機能不全を知っていたということに、わたしは恥ずかしさと情けなさでいっぱいでした。しかし当時は、虐待を認識しても、児童相談所に通報するという知識はなかったようです。

貧しさに疲れたからでしょうか、それとも、女として寂しかったからでしょうか。母は、ミツオさんと離婚後すぐに、新たな男性を家に連れてきました。それは1ヵ月も経ってないくらいすぐの出来事でした。どうやら母は、離婚前からミツオさんに見切りをつけ、他の男性とお付き合いをしていたようなのです。

新しい義父と初めて会ったのはある夜中のこと。帰宅の遅い母を今か今かと待っていました。ミツオさんがいなくなってから手に入れた、夜ふかしの時間です。

日付が変わった頃、酔った母の声とともに知らない男の声が玄関から聞こえてきました。男性も酷く酔っ払っているようでした。母はわたしに気づかないふりをして男を家に上げると、すぐに布団を敷き、その男を寝かせました。チンピラのような風貌《ふうぼう》でした。自室に身を潜めたわたしは心臓が張り裂けそうなほどドキドキし、怖さと思春期の本能からか、受け入れ難い存在が再び家に入り込んできたという感覚を覚えました。そんなわたしの気持ちを知ってか知らずか、母はわたしの部屋のドアを開けると、むきになってこう言います。

「なあちえ。絶対にこの人、ええ人やから！　あんたらのお父さんには絶対にええ人。こんなこころのええ人、おらんで！」

気持ちが悪くなりましたが、反論を聞く母ではありません。まもなく母は、勝手に再婚を決めて、また血の繋がらない男との同居が始まりました。男の背中には刺青《いれずみ》が入っていました。優しく「ちえちゃん」と言われても、母が言うようないい人には思えませんでした。

わたしは小学6年のときと中学1年のとき、短期間で二度も名字が変わったことになります。それは尾ひれのついた噂話になってまたたくまに広がり、中学でも早々に、いじめの餌食《えじき》となりました。

「なあ、あんたの母親、離婚してまたすぐ再婚したんやろ。そういうのな、アバズレ女っていうらしいよ。うちのおかんが言ってたわ」

「ねえ、水商売って何か知ってる？　あんたのお母ちゃんのことや」

言い返す元気もありませんでした。下駄箱の靴を隠されたり、傘を盗まれたりといった小さな嫌がらせも増えました。ああ、また傘を盗まれた。新しく買ってと言ったなら母は嫌な顔をするだろう……傘が落ちていないか探しながら、ずぶ濡れになって家に帰ったことも何度もあります。


二人目の義父となった男はユウジさんといい、パチンコ店の釘師《くぎし》をしていました。

「釘師ってわかるか。俺が、この関西の、パチンコの玉の運命を決めとるんや。言うたら、何千万、いや、何億もの金を動かしているのと同じや」

当時は何を言っているのかさっぱりわかりませんでしたが、実際、腕がよかったようで、前の義父よりも経済力はありました。母は少しこころのゆとりができたのか、以前よりパートの仕事を減らし、新しく買った洋服は、きれいな色や、花柄をあしらった女らしいものに変わっていきました。経済的には、前の義父よりだいぶ上。でも、人間的な誠実さは、前の義父よりちょっと下、いいえ、かなり下……そう気づくまでにさほど時間はかかりませんでした。

そして母はその新しい男のため、さらにわたしをなおざりにするようになったのです。なぜ新しい父になつかないのかと、わたしを責め立てました。

「何が気に入らへんの？　稼ぎもあるし。あんたにも服を買うてくれたやんか。あんたは、お母ちゃんがやることに結局何もかも反対なんや。いつもそうやって、お母ちゃんのこと馬鹿にすればいい。でも、もっとあの人にはなつきなさい。せっかくあんたたちのお父さんになってくれたのに、あの人が可哀想や」

わたしがなつかないことで、その男性を失うことが怖かったのかもしれません。母は毎日、狂ったようにわたしを罵りました。

「なあ、来週また、ちえの服も買うてくれる言うてるよ。いいなあ。いいパパやなあ。はようちえもパパと呼びなさい」

「嫌や」

「なんで嫌なん？　前のお父さんとは全然違う。ええ人や。やっぱり男は経済力や。今度はあんたの反抗は許さへんよ。これは命令です。あの人をパパと呼びなさい。呼べ！」

「ごめんなさい。呼べないものは呼べません」

わたしはもう、中学生。経済力はないけれど、知恵だって言葉だって、以前とは比べ物にならないくらいあります。そんな反抗を、成長期特有のものだと受け止めてくれる余裕は母にはないらしく、言葉の虐待はエスカレートしていきました。

「はあ？　生意気なこと言うて。この恩知らずが！　そんなに家が気に入らないなら施設へ行け！　お前なんか産むんじゃなかったよ！　出てけ、さっさと出て行け！」

母は何かにつけ、鬼のように「施設へ行け！　お前なんか産むんじゃなかった！」と怒鳴り散らすようになりました。施設がどんなところかはわかりません。でも、毎日そんな言葉を浴びるようになっているうち、その施設とやらに行きたいと思うようにもなりました。だけど、どこに施設があって、どうすればそこに行けるのか、その術《すべ》がなかったのです。結局わたしはある晩、ユウジさんの帰宅のときに、「おかえりなさい、パパ」と言わされたのでした。小さな声しか出なかったのですが、ユウジさんと母は、勝ち誇ったように笑っていました。

不思議でした。わたしはこれっぽっちもこの男のことを父親だとは思っていない。それなのに、上辺だけでもパパと呼ばれたら、それで満足なのだろうか？　オトナのくせに。そんなんでいいの？　本当の親になりたいという気持ちは、ないの？　二人が何を考えているのか、ますますわからなくなりました。

前の義父と違ってよかったことは、就寝時間のルールがなくなったこと。そもそもユウジさんの帰りが毎晩とても遅かったのが救いでした。唯一のこころの平安は、パジャマに着替えたら、大好きな漫画とお菓子を布団のなかに持ち込んで、懐中電灯をつけて「自分だけのシェルター」を作ること。誰からも攻撃されることのない、特別な時間だったのです。

しかし、経済力のある新たなパートナーを得た母の幸福も、そう長くは続かなかったようです。ユウジさんは、母とは初婚ではありませんでした。つまりお互いが再婚相手でした。何がきっかけなのかはわかりませんが、母は、ユウジさんの前妻の存在に嫉妬を募らせていきました。引っ越しのときに持ち込まれた食器が、前妻が買ったものだと知った母は、ヒステリーを起こし、深夜に一枚ずつ、玄関に投げつけて割っていきました。

「自分だけのシェルター」にこもっていたわたしは、激しくガラスの割れる音を繰り返し聞かされて、頭がおかしくなりそうで泣きながら家の外へと飛び出しました。泣いているわたしを横目で見ながら母は、追いかけて来てはくれませんでした。

12歳で自殺を考えた

ユウジさんは、お金は持っていたけれど、救いの神ではありませんでした。いえ、地獄からの使者でした。母の性格を豹変《ひょうへん》させた悪魔です。学校ではクラスメートにいじめられ、家では母親に罵られるという地獄。でも、子ども心に家族の悪口を言ってはいけないと思い込んでいたために、わたしは、祖父母を含め、誰にも相談できませんでした。

母が食器を投げるのを真似するようにして、家で一人になった日のわたしは、自分のムシャクシャする感情を制御できなくなって、部屋中のものを投げ散らかすこともありました。

当時は、保健室登校やスクールカウンセラー制度などもない時代。学校は早く終わってほしい。いじめの温床から逃げ出したい。だけど、家に帰れば、狂ったようにわたしを罵る母がいる——居場所がありませんでした。登下校の足取りは鉛《なまり》のように重く感じられました。

一度は、大型トラックの前に飛び出して自殺すれば楽になれるのではないかと考え、道路の真ん中に立ってみたこともありました。

頭が真っ白になって道路にじっと立ち尽くすわたしを不思議に思ったのでしょう。同級生で性格もよく勉強もスポーツもできたヤマシタくんが突然、「どうしたん？」と声をかけてきたのです。わたしはビックリして我に返りました。

「なんでもないよ」と明るく答えると、ヤマシタくんは安心したような顔をして「そっか。ならええわ」と言って笑顔でその場を去っていきました。ヤマシタくんが声をかけてくれたおかげで冷静さを取り戻したわたしは、無事に帰宅しました。

30歳になったとき、中学校の同窓会が地元で開催されました。ヤマシタくんとはクラスも違ったため、本当にあのとき以来の久しぶりの再会。彼は小学校の教員になっていました。子ども時代と変わらず、明るく誠実な雰囲気はそのままに小学校の先生として日々、子どもたちのために奮闘しているとのこと。わたしはヤマシタくんに「あのときは、ありがとう」と御礼を言いました。ヤマシタくんは照れくさそうに「俺、あんたにそんなことゆーたかな？」と笑いました。

中学生になり、徐々に体つきが変わる自分に戸惑いました。なぜなら、ユウジさんが性的な発言を繰り返すようになったのです。思春期だからこそ、そういう話題を1ミリでも遠ざけたいわたしに向かって、「きのう、お母ちゃんと3発やったぞ」と言ったりしました。

風呂上りにはよく、全裸を見せるため裸で居間までやってきました。さっと逃げるわたしを追いかけてきて、「おい、今、薄目あけて見ただろう？　本当は見たいんやな？　おい、お父さんのチンポどうだ？」と気持ち悪い笑みを浮かべるのです。そしてわたしがまだ起きている時間帯とわかっていて母を強姦《ごうかん》し、義父の大きな喘《あえ》ぎ声を聞かせました。そして、母への強姦が終わるや否や、壁越しに「ちえ！　お母さん、気持ちよくさせてごめんな！」と大きな声を出し、義父は思春期のわたしが耳を塞ぐことを面白がるのでした。

朝、起きて学校へ行こうとすれば、全裸の母とユウジさんが居間で寝そべっていることもありました。そのときも、自分のペニスを触って、勃起したものをわたしに見せつけるのです。

汚い。

母もユウジさんも、汚い。汚い汚い汚い汚い。

わたしは、ユウジさんが入った後のお風呂に入れなくなりました。どんなに寒い日でも、シャワーを短時間で済ませ、風呂場から逃げるようにして自室にこもりました。トイレに入るのも苦痛になりました。それらしい毛が落ちているだけでぞっとします。家のなかで、ユウジさんを避けて生活するようになったわたしにこう言ってきたこともあります。

「おい、実の娘でもないおまえらに金を出して食わしてやっているワシに反抗するなんてよ、ボコボコに殴ってやろうか？」

笑え、とこころのなかのもう一人のわたしがわたしに命令します。

あいつは汚い。でも笑え。汚い汚い。笑え笑え笑え。汚い汚い。でも笑え、笑うんだ。さもなきゃ、殺されるよ、わたし……。

わたしは無理に口角を上げてみせました。「ごめんなさい、パパ」。

逃げ場がなくて頭が混乱していく

釘師だったユウジさんによって、経済的に余裕は出てきたはずですが、母は、わたしが中1の頃から水商売を始めました。わたしが保育園に入る頃はスナックで働いていたので、水商売というものがどういうものかはすでに知識として知ってはいました。母からは、「家事も子どもの面倒もちゃんとやるから！　約束するから！　だからお母さん、水商売を自分でやりたいんや」と言って始めました。しかしその約束は微塵《みじん》も守られませんでした。料理などまったくしなくなり、小学校時代よりもわたしはかまってもらえなくなりました。その頃は、まだ「ネグレクト」という言葉も意味も知りませんでしたが……。

12歳のわたしと4歳の妹で、夜間二人だけで置き去りにされることもしょっちゅうでした。母はユウジさんのための食事は作りましたが、娘たちの食事をまったく作らなくなり、毎夜、テーブルの上に千円札を一枚置いて出ていきました。これで何か買って食べな、などという言葉をかけてもらった記憶もありません。

コンビニでお弁当を選び、温めてもらい、ひとつを妹に投げ与えたあと、自室でひとり引きこもって食べる生活が始まりました。妹はまだ4歳だったというのに。当時のわたしには、幼い妹の面倒を見る余裕はまったくありませんでした。

わたしの脳裏《のうり》には、今でも、この頃の妹の姿が焼きついています。

妹が、夜中に独りぼっちでぬいぐるみと寂しそうに会話している姿です。そんな妹に、自分のイライラをぶつけることもありました。こんなことをしていたのだから当然かもしれませんが、まだ幼稚園児の妹から、包丁を向けられたこともあります。

わたしは次第に学校へは行ったり、行かなかったりするようになりました。母はわたしを罵り、強引に学校へ行かせようとしました。しかし理由をつけては登校拒否をしました。行かなかったのではありません、どうしても、行けなかったのです。頑張って学校へ行けた日も、頭が朝から混乱状態で、授業中もまったく集中できず、イライラも止まらず、それを誰かに相談するという選択肢も思いつかない状態でした。中学でもいじめに遭っていたので、学校にはどこにも逃げ場がなかったのです。

ユウジさんと母は、よく夜中に激しい喧嘩をしていました。ときには、隣の部屋からゴン！　ゴン！　とユウジさんが母を殴る音が聞こえてきました。「母が殺される！」と思ったわたしと妹は、怖くなって、窓から裸足で外へ飛び出し、真っ暗な夜道を泣きながら、どこへ求めたらいいかわからない助けを求めに走ったものです。

喧嘩の声がした翌朝は、母の顔はアザだらけで青黒く腫れ上がっていました。家中のものが散乱し、ビール瓶やガラスが割れて散らばっていたため、よく怪我をしました。

その頃、帰宅途中にわたしがいつも考えていたのは、家に帰ったとき、母かユウジさんのどちらかが死んでいたら、誰に言えばいいんだろう？　ということでした。大嫌いな二人なのに、家のドアを開けたときに声が聞こえると、それだけでほっとしたものです。

勉強の楽しさを教えてくれた、はじめての友達

中学に入ってから長く登校拒否を続けていたわたしは、総日数の半分近く欠席していました。成績も学年で下から数えて10番目くらいの劣等生《れっとうせい》でした。

いじめは、クラスを取り仕切っているリエから執拗《しつよう》にされていました。リエとは部活まで同じだったのです。部活はバスケ部でした。当時、少年ジャンプで人気だった「スラムダンク」に憧れ、入部したものの先輩後輩の上下関係は厳しく、バスケは体力的にもとてもきついスポーツでした。それに加え、リエからも言葉のいじめや仲間外れにされる日々。部活は地獄でした。クラスでもいじめられ、部活でもいじめられ……一日中、学校は地獄でした。しかし、中1の終わりくらいに、ついにわたしの怒りは爆発し反撃に出たのです。リエは筋金入りのいじめっ子だったため、クラス中の女子全員から実は怖がられ嫌われていたのでした。だから、わたしの反撃を機にクラス全員の女子が、リエからわたし側へとひっくり返ったのです。リエがいじわるで嫌いなのだと同級生に相談したら、賛同者が多かったのです。

その日から、クラスの女子全員でリエを無視しました。それからは大喧嘩の毎日。手に負えないと判断した教員は、中学2年のクラス替えでは、リエは1組に、わたしは5組に

入れられ、もっとも離れた教室に入ったため、リエと出会う機会がぐっと減りました。部活は自分から辞めました。これでリエとの闘いも収まり、いじめも何とか収まり、学校生活は自然と平和に戻っていきました。家に入り込んできた新しい義父にも慣れてきたわたしは、たまたま勉強のできる性格も優しい友達に巡《めぐ》り会いました。

その子と放課後に遊ぶようになり、一緒に試験勉強をしようと誘われたことをきっかけに、勉強に興味が湧くようになりました。それまでまったく勉強をしてこなかったわたしは、少ししただけで成績が上がり、それが嬉しくて、自分から勉強するようになりました。勉強をすることの楽しさがわかってきたので、学校にもきちんと通うようになりました。

母さん可愛くなったやろ

学校生活が改善しても、家庭環境の酷さは変わりませんでした。母は少しずつ、変わっていきました。ユウジさんの稼ぎを自分のために使うようになったのです。高価な置物が玄関に増えていきました。あやしい感じのする縁起物ばかりでした。母は何かに依存していなければ精神が安定しないように見えました。

お金が貯まる縁起物だと骨董《こっとう》屋に言われては、男性器の形をした焼き物を買ってきて得意げに玄関に置いたりしました。恥ずかしくてたまりませんでした。やがて母は、占いにも傾倒《けいとう》していきました。

あるとき、母は唐突に、「お前のあそこの毛をよこせ」と言いました。

なんでも、処女の陰毛を3本、御守に入れて持っていればお金が貯まると、占い師の本に書いてあるというのです。嫌悪感に鳥肌が立ったわたしは、絶対に嫌や！　と激しく反抗しました。自分の陰部に毛が生えてきたことさえ、認めたくない年頃です。しかし母は、「3万円あげるから！」としつこく、陰毛を風呂場で抜いてきてよこせと言うのです。あまりのしつこさに、わたしは泣く泣く母の指示に従いお金も受け取りました。

「よかったなあ、ちえ。ええお小遣いや。毛が3本で3万円。あははは」

また、あるとき母は、突然両目を二重に整形して帰ってきたことがありました。こころも顔も、別人になっていく母。

「見てみて。母さん可愛くなったやろ。この手術、めっちゃ高いんよ。お金持ちだから美人になれるんや」

幼い頃、わたしのために貯金する、そのために働くと言って抱きしめてくれた母は、どこへ行ってしまったのでしょうか。

「なんでそんなことするん？」

わたしはショックで大泣きしながら訊きました。

「勝手やろ！　お母さんの顔はお母さんのもんや。どうせ相談したって、あんたは反対するからな！」

母は怒鳴り返してきました。わたしよりも幼い、女の子のように。母は、もはやわたしにはなんの興味がないように思えました。一緒の部屋で過ごしていても会話をしようとはしませんでした。学校での過ごし方を尋《たず》ねられたことも、ほとんどありません。テストでいい点数を取ってきても、褒めるどころか、少しも興味はないようでした。まるで、わたしが見えていないかのように振る舞い、友人と長電話をしていることもありました。

「お母さんはどうして、自分のお友達とは楽しく話をするのに、わたしとは喋ってくれないの？」

「はあ？　知ったような口を叩くな。お前のために友達に電話しているんだよ！」

嘘つき。占いの話と、壺の話と、テレビの話しかしていなかったくせに！

高校進学も、受験勉強プランも、一切相談には乗ってくれませんでした。わたしが高校受験の前日も、ユウジさんと凄まじい喧嘩をしていました。このため試験日当日に、寝不足で受験したことを覚えています。

母にはもう、わたしのことは見えないんだ。わたしは、透明人間なのか。

高校に進学した春、母は再び、離婚をしました。そしてまたすぐに、新しい男性を家に呼び寄せたのです。水商売を自営業で始め経済力をそれなりに持った母は、毎晩のように喧嘩するようになったユウジさんをある日、あっさり捨てました。ユウジさんは寂しそうに、家を出て行きました。

ある日突然家に入ってきて、無理矢理パパと呼ばされ、性的な嫌がらせも我慢しながら、なんとかユウジさんにも慣れてきた中学3年のわたしは、母があっけなく「あんな男はいらん」と言い捨てたことに失望しました。

「あんたらにとってええ人やから！　お父さんになってもろた方がええ！」とあれだけ鬼のように押しつけてきた母。その家庭環境に必死で適応してきたわたしの我慢はいったい何だったのか？

もう母の言うことは一切信用したらダメだ。平気で嘘をつく人間だ。嵐のような中学時代は、そんな失望で終わったのでした。

父親は、もういらない

高校生になったわたしは、母の新しい男と同居することを全力で拒みました。過去の父たちのありとあらゆる嫌がらせや虐待の記憶に、体をこわばらせながら。

「ようわかったわ、ちえ。あたしが出て行けばいいんでしょう？　なんでお母さんの気持ちをわかってくれないんだろうねえ。泣けてくるよ。あたしは幸せになっちゃ、あかんのかしらね。あんたのせいで、好きな男と結婚もでけへんのか。お母さんが結婚でけへんのは、あんたのせいや。全部、あんたが悪いんや。顔も見たくないわ。ああ、出て行くよ。もう勝手にやれ！」

　結果、母は、新しい男性のもとで暮らすようになり、家には食費だけ入れて、ほとんど帰らないようになりました。長い間、会話がなかった母とわたしでしたが、これで顔すら見ない生活が始まりました。ときたま母が家に帰ってきても、ただいまという挨拶すらなく、母から声をかけられることはほとんどありませんでした。そして、すぐにまた家を出ようとします。

　ある日のこと。出て行こうとする母に向かってわたしはキレてしまいました。

「なんでまた男のところへ行くんや！」

「あんたらと一緒におったら、男と会う時間がないやんか！」

「今度いつ帰るかもわかんないなら、もっとお金を置いていってよ！」

「なんやと！」

　という言い合いの末、硬い貯金箱で殴打されました。「なめるなよ！」と怒鳴られ、鼻血が大量に出て、服が真っ赤になりました。腫れあがった顔に乗せたタオルも血で真っ赤に染まりました。

タオルを当てているわたしに向かって、母はこんな捨て台詞を吐きました。

「なあ、ちえちゃん。その顔。治るまで学校に行ったらあかんよ」

幸い、妹はその現場にいませんでした。わたしは血まみれのまま、祖母の家へ走っていきました。祖母は、「なんてことするんや！　虐待やんか！」と怒りながら、わたしの顔の手当てをしてくれました。それは、児童虐待防止法ができる2年前の出来事です。児童相談所に相談するという知識も当然、祖母にはありません。ただの親子の喧嘩として終わっただけでした。

怪我が治るまで学校を無断で休んでも、先生からは連絡はありませんでした。高校生になっても頻繁《ひんぱん》に学校を休んでいたため、学校側もよく休む子、くらいにしか思っていないようでした。勉強も頑張っていて成績もよかったため、担任は成績のよい子には家庭の問題はないと思っているようでした。母の暴力は祖母以外、誰も知ることはありませんでした。

それでも〝母の男がいない家庭〟というのは、わたしにとっては安住の場所でした。わたしを罵る人がいない。命の危機に晒されない生活の、なんとありがたかったことか。母のいない寂しさよりも、争いのない家の心地よさが優先したのです。

高校では給食がなかったため、お昼ご飯はお弁当でした。クラスでひとりだけお弁当を作ってもらえないわたしは、毎日、コンビニの菓子パンを買い、惨《みじ》めさのなかで食べていました。同級生から「お母さん、お弁当作ってくれへんの？」と言われたこともありますが、恥ずかしくて返答することもできませんでした。自分でお弁当を作った時期もありますが、先述したように幼少期の嫌な思い出から台所に立つのも嫌いでしたし、愛情がないお弁当を食べることの方が辛くて結局、コンビニのパンを買ってお昼の時間を虚《むな》しく過ごしたのでした。

保健の先生に「お父さんいなくて、寂しい？」と一度だけ訊かれたことがあります。「ぜんぜん寂しくない！」と、はっきり答えたことをよく覚えています。先生はそれ以上、何も言いませんでした。

くだらない！　教員たちのファンタジー

高校に入学した頃は、わたしの家庭の事情を耳にして心配してくれた先生もいました。しかし、詳細を知らない教員たちは、これがわたしにとっての初めての親の離婚で、しかも、本当の親同士だったと勘違いしたようです。それをわざわざ、「二度目の義父でした」と訂正する気持ちにはなれません。傷ついているわたしに何か支援できないか彼らは模索《もさく》したのでしょうか。あるとき、総合学習の授業で「親の離婚」について取り上げました。唐突なテーマでした。離婚した後の母子家庭で、母と子が貧しいながらも支え合うという物語のＤＶＤをクラス全員に観せたのです。

こころが張り裂けそうになったのは、教員の優しさに感動したからではありません。「わたしの親の離婚のことが同級生にバレたらどうしよう！　またいじめられる！」とパニックになったのです。気がつけば、汗びっしょりになっていました。ＤＶＤを観た後、感想文を書くようにその先生は言いました。クラス全員が提出するなか、わたしは何も書くことができず白紙で出しました。大人になった今なら親の離婚のことも友達に言えますが、思春期の頃は、同級生に家庭の事情を知られることが最も怖かったのです。

英語の授業でもそれは続きました。宿題を持ち帰ってその英文を読むと、また「離婚について」だったのです。和訳すると、離婚は必ずしも悪いものではないという前向きな考え方の一般論が書かれてありました。

先生って、バカなの？　なんだこの授業は？　母子家庭ってね、そんなに生易《なまやさ》しいもんじゃないんだよ！　そう叫び出したくなるのを、必死でこらえました。

わたしは、その翌日、学校に行けませんでした。

生徒ひとりの家庭の問題を、授業のテーマとして間接的に取り上げて、「みんなで考える」。

それはそれは美しいお考えですね。ご立派です。しかし同時に、すごくバカみたいだよ――教員たちより、わたしの方が辛い現実を知っている。この授業でわたしが学んだのは、その一点でした。母に貯金箱で殴られた傷跡に、気づく教師はいませんでした。

「母子家庭なんだから、お母さんに苦労をかけないようにな」と、えらそうに言う教員まででいました。わたしが母に苦労をかけている？　苦労をかけてるのは母親の方だよ！　と怒鳴りたくても、怒鳴る勇気がありませんでした。

やりきれない不満でいっぱいだったわたしは、やがて、学校の教師をはじめ、世の中すべてを酷く恨むようになっていました。よい家庭に生まれていれば、何も不自由することなく、親が勉強を応援してくれて、安定した生活ができたはず。よい大学へ進学できるのも、楽しく学校生活を送れるのも、すべて生まれた家庭で決まるという理不尽さ。

こんな親を、こんな家庭を、自分で選んで生まれてきたわけじゃないのに！

わたしは何も悪いことをしていないのに、なんて不公平な社会なんだ！

胸にナイフをしのばせて、無差別殺人をする自分の姿を思い浮かべて、社会への恨みを晴らしたいと何度も想像しました。しかし、そうした犯罪を犯したいという衝動に駆られるたびに、5歳まで可愛がってくれた祖父母や、親戚のおじさん、おばさんの顔が浮かびました。

人間、犯罪を実際に犯してしまうか、ギリギリでブレーキがかかるかの違いは、「思い出のなかに振り返る顔があるかないか」だとわたしは思います。その優しい顔がストッパーになるのです。幸いにも、わたしには犯罪抑止のための温かなストッパーが、5歳までに取りつけられていたのでした。親は選べない。しかし、優しくしてくれた祖父母や親戚、近所のおじさんおばさん、こうしたラッキーなものも、わたしは持っていたんだ。その思いが、ギリギリの怒りを抱えていたわたしを、犯罪への欲望から救ってくれたのです。

母とのLINEでの会話

胸が痛いです。
5歳3歳の子供を連れて、義父の兄貴夫婦が家に遊びに良く来てたけど、その子供らと戯れて遊んで可愛がり、貴方も中に入って遊びたいのに、怖いキツイ言い方で「千恵だけはもう寝ろ！」と強制したのね。そして、子供らとはキャッキャッと笑い転げて楽しむ。その様子を千恵が羨ましそうに悲しそうに見てる目に気づいて
お母さん、ハッとして
すぐ貴方の布団にかけより一緒に寝よって添い寝したんよ。
かわいそうに、あんなはしゃいだ笑い声の聞こえる中、兄貴夫婦を帰せばいいのに。
千恵は私もまだ遊びたいと言いました。そんなことすると、また貴方が怒鳴られる
お母さんはあの時の千恵の目が忘れられません。
皆んなが楽しそうにしてる中、どうやって寝るんよ！だって千恵7歳やん。明日学校やと言う理由なら、兄貴夫婦を帰らせるのが本当やろ、悲しくておじいちゃんおばあちゃんにも聞いてもらっていました。

午後 2:43

私もそれ覚えてる。妹のときもそうやったけど、私だけ強制的に寝ろ！と言い、起きてきたら叩くから怖くて寝るしかなかった。布団の中で、隣の部屋で楽しそうに妹や親戚の子たちと遊んでいる声が聞こえてきて、私だけ無理矢理に寝かされる。いっつも悲しくて、布団の中で泣いてた。親戚の家の子が遊びにきてるのに、私だけ先に寝ろ！といって寝かされたときのことは、おじいちゃんもおばあちゃんも「なんでそんなことするんや！！」って、怒って私に言ったことを覚えてる。

既読
午後 2:46

既読
午後 2:48

あと、義父はよく「おばちゃんの家に遊びにいくな！」といったけど、それも、おじいちゃんは、「孫が遊びにくるのは、ワシらだって嬉しいのに、何で行くな！っていうんや！」って、おじいちゃんの家に遊びに行ったとき、おじいちゃんもおばあちゃんも怒ってた

躾を理由にして、明らかに虐めているのに。
おじいちゃんおばあちゃんの見てる前でも
やるので
祖父母は泣いて、かわいそうで辛いから
と
家に来なくなりました。お母さんの実家は近かったのにね。歩いて5分の距離やのにね。祖父母に申し訳ない思いをさせたと
お母さんは思います。

午後 2:54

おばあちゃんたち、知ってたんやね。そういえば、近所に住んでたのに、おじいちゃんも、おばあちゃんも、そういえば、ほとんど私の家に遊びに来た覚えがないわ

既読
午後 2:55

祖父母、泣いて帰ったことがあるんよ。

アイスクリームを「これはお父さんのアイスや」と、幼い千恵に目の前で見せびらかして食べ、「ほしいやろ〜〜、やらへーん。」と千恵が欲しそうにして悲しそうにしてるのに、「やらへーん、あーうまい」と食べてしまって。

それ見て泣いて帰ったんです

午後 3:00

義父がお菓子を目の前で食べて、見せびらかして、私にはくれへんことは日常的やった。。でも、私が小学校６年生のときに、義父が本当の父じゃないと突然言い出して、私は驚いたけど「ああ、やっぱりね」と納得もしたんや

既読
午後 3:03

おじいちゃんもおばあちゃんも
千恵を庇うと口出ししてることになり、
もっと私達親子にしわ寄せが行くことを
知っていたんだと思う。ごめんな、もう家には行かへんって泣いてた

午後 3:08

既読
午後 3:12
おばあちゃん、「躾やなくて、虐めやな！」って怒ってたことあったけど、おじいちゃんもおばあちゃんも、庇ったらしわ寄せがいくと思ってたということやね

お母さんにも
何の相談もなく
本当の父親ではないと千恵に言って、もう
千恵が
かわいそうでかわいそうで。
義父に
殺意がわいたくらいです
午後 3:13

午後 3:15
おじいちゃんたちも、「小学６年生の子どもになんて不憫なことをいうんや！」って、泣きながら怒ってたんや。

第3章

愛着障害〜精神崩壊へのメルトダウン

再び不登校になり、高校は中退

10代後半の頃より、わたしは、だんだんと精神を病んでいきました。高校でも勉強だけは頑張っていましたが、途中で不登校となり、出席日数が足りなくなって、中途退学となりました。学校に行くふりをしてスーパーでアルバイトをしてやり過ごした時期もありましたが、まもなく母にバレました。

「この金喰い虫が！　あたしが汗水たらして働いた金をなんだと思ってるんだ！　勝手なことばかりしやがって。自分は悪くないみたいな顔するな！　高校も退学するなんてな！おまえは将来、男に体売るしか金儲けできないんだよ！」

母曰く、わたしの将来が娼婦《しょうふ》と確定したのは17歳のときです。17歳といえば大学進学について家庭で考え始める頃でしょう。しかしわたしは、高校の入学式で初めて「大学」という言葉を意識したくらいで、進学事情に疎《うと》かった。自分のまわりに大学生などいなかったし、大学進学が自分の人生に関係しているなんて想像もしたことがありませんでした。

親から「将来、何になりたい？」と訊かれたこともなかったし、家族団らんもなかったので、自分の将来など考えたこともなくただ明日を、いえ、今日を生きるのに精一杯だったのです。大人になった自分なんて想像もできませんでした。

しかし、高校生になってまともに勉強をし始めてからは、同級生と同じように、大学へ行ってみたいと思うようになり、試験勉強も真面目に取り組んでいました。勉強が好きだったので、塾に行きたいと母に言えば、行かせてくれたこともありました。しかし、渋々お金を出すだけで、相変わらずわたしの成績や将来にはまったく関心がないようでした。大学へは行くな！　金がかかるだろう！　高卒で就職しろ！　と怒鳴り、大学進学を反対しました。しかし大学に進学することが、この家を、この街を離れるチャンスだということにも気がついたのです。

ここまで書いてきた通り、わたしは幼少期から生き物が好きでした。

本やテレビでしか見たことのない、北海道の自然や野生動物に憧れていたので、それなら、北海道の大学で生物の勉強をすればいいじゃないか！　と思い立ちました。北海道という場所に憧れを持っていたのも事実だし、何よりも、この家と海を隔《へだ》てているのだということにワクワクしました。

今思えば、大学受験はわたしにとって、母親との闘争であり、逃走でもあったのです。

高校中退者がどうすれば大学受験ができるのかを一生懸命調べて、大学入学資格検定（現在の高卒認定）を受験。さらに貸与型奨学金《たいよがたしょうがくきん》を借りて、地元の兵庫県から北海道の帯広《おびひろ》の国立大学への進学を決めました。

帯広の大学から合格通知を受け取ったとき、生まれて初めて、自分の背中に羽根が生えたような気持ちになりました。子どもの多くは、「家庭」と「学校」というふたつの世界しか持てません。そのふたつともに自分の居場所がなければ、大人になる前に、精神的に追い詰められていきます。と同時に、居場所のない孤独な子どもは人より早く大人になります。大人にならざるを得ないのです。

18歳で、自分の居場所を自分で勝手に決めるのは早いでしょうか。いいえ、でもわたしにはもうギリギリのタイミングでした。

大学進学後、さらに精神を病んでいった

北海道の大学へ進学することができて、実家から遠く離れ独り暮らしを始めました。えっ？　ホームシック？　何それ美味しいの？　というくらい、わたしはひんやりした北の大地の清々しい春の空気のなか、初めての自由を味わいました。わたしの闘争（逃走）は、成功した……その想いはしかし、一瞬でした。ここからが本当の、新たな苦しい人生の幕開けでした。

命を脅かすいじめっ子、母、その男たちという存在がようやくいなくなったというのに、大学1年生の頃にはもう、うつ症状などの気分変動の激しさが現れ始めました。新しい人

と出会ったときは極端に緊張し、汗だくになり固まってしまいます。これを対人恐怖症と呼ぶと知ったのは、後になってからです。同級生と普通にコミュニケーションが取れないことで、さらに精神は落ち込み、さまざまな症状に悩まされるようになりました。

わたしのなかで、何が起きているのだろう?

狭いアパートでひとり、寝込んで起き上がれない日が続きました。当時は、それがはたして病気なのかどうかもわからず、医者へかかるという発想もなかったのです。幼少期より放置されて育ったわたしは何かあればすぐ病院へ、という教育を受けていないので尚のことです。

誰かに相談しようと思いつくこともありませんでした。そもそも、人と普通に会話することすら難しいのですから、相談なんてできるはずもありません。人とまともに会話ができないことが招くものはとても大きいのです。それだけで引きこもりにもなりますし、うつ状態も悪化します。物事を知る前に人とコミュニケーションが取れなくなってしまったわたしは、ますます「知る」ことから遠のき、ひとり、精神障害の闇のなかを漂っていったのです。

お父さんが欲しい！　「愛着障害」からトラブルに

自分の親くらいの年齢の男性に対して、父親的愛情を求めてしまう、いわゆる「愛着障害」と思われる症状が発症したのも成人後でした。

ここまで書いてきた通り、子ども時代は、父親なんて家にいるだけで最悪で、いなくてもいい、死んでくれとさえ思っていたわたしが、二十歳を超えた頃、「お父さんが欲しい！」という猛烈な寂しさに突如として襲われるようになったのです。

年配の男性であれば誰でもいいというわけではなく、優しくて包容力のありそうな雰囲気を持っている男性に執着するようになっていきました。

この人は、わたしのことをいつも気にかけてくれているに違いない。
この人は、わたしの気持ちをぜんぶわかってくれているに違いない。
この人は、わたしが愛を求めれば、その倍の愛情で抱きしめ返してくれるはず。

そんな錯覚《さっかく》を赤の他人の男性に起こしていくのです。この錯覚は、今現在も消えてなくなったわけではありません。ただ不思議なことに、20代前半の頃は40代以上の男性がその感情のターゲットでしたが、自分の年齢が上がるにつれて、ターゲットの年齢層も上がっていき、20代後半には50代の男性に気持ちが動くようになっていきました。だから最近はもう、お爺ちゃんに目がいくというか……。年配の男性を見つけては「あの人は合格、不合格」と瞬時に査定している自分がいます。同時に、待て。自分はそんな風に人を査定できるような価値のある人間なのだろうか？　と考えてもいます。

当然、相手の男性からは、期待するような反応は返ってきません。だけど、ちょっと優しくされるとすぐに身勝手な期待を抱き、その期待が叶えられないと知るや否や、「あのお父さんに裏切られた！」と感じ、パニックを起こしてしまうのです。抑えきれない深い哀しみと激しい怒りが交互に襲ってくるのです。そして、その男性が守っているものすべてを壊してしまいたくなる――これは、高校生まではなかった感情です。相手の男性に暴言を吐いたり、執拗に責め立てたりしたこともあります。わたしのなかでは、幼い「ちえちゃん」が、「お父さん！　わたしだけを見て！　わたしだけを抱きしめて！」と泣き叫んでいます。

子ども時代の、長期間にわたる慢性的な虐待を受けた人の複雑なトラウマ（複雑性PTSD）の症状のひとつに、「怒りのコントロールができなくなる」というものがあります。

虐待サバイバーは、子ども時代、親から抑圧と支配をされ続けるという、異常な関係性のなかで育っているため、成長期に当然必要な反抗期にも反抗できず、怒りの感情をずっと封印したまま大人になってしまいます。

すると、長い年月封印され続けた怒りの感情は、「怒っても安全だ」という状況だと無意識に判断したときに爆発してしまうのです。

コントロールは、不能。その怒りの感情の爆発こそが、わたしが実家から独立をした自由の証左《しょうさ》なのでした。

「愛着障害」という言葉を知ったのは30歳近くになってからです。

本屋でたまたま、この言葉のついた本のタイトルを見つけました。ああ、わたしが父親的存在を追い求める理由はこれかと、すぐに腑に落ちました。しかし20代の頃は、それが病気なのだとはわからず、漠然とした暗闇のなかを生きていたのです。

小学生の頃、義父のミツオさんが母と離婚するときにわたしに言い放った言葉。

「女の子は二十歳くらいになれば、お父さんが欲しくなる」という呪いが、大人になったわたしの肉体のなかで鎌首《かまくび》をもたげていきました。

恋愛感情って何ですか？

ここまで読んでくださった読者の皆さんのなかには、それは愛着障害っていうよりも、年上の人への単なる恋愛感情では？　と思った人もいるでしょう。どうなのでしょうか。

36年間生きてきて、未だに恋愛感情というものがわからずにいます。

わたしは、処女ではありません。初体験は19歳のときです。

大学の同級生から告白され、特に断る理由もなかったため付き合い始めました。告白されたこと自体は嬉しかったです。それで半同棲《どうせい》のようになり、性的関係にもなりますが、セックスに興味があっただけで恋愛感情から性的行為に及んだわけではありませんでした。男性と付き合ってみたら恋愛というものがわかるだろうか、セックスしてみたらわかるだろうかと思いながら付き合ってみたものの、それでも恋愛感情というものが湧いてこない自分に物足りなさを感じていました。今さらですが、相手に対して失礼なことをしたとも思います。


二十歳になったとき、ある事件が起きました。

大学で、野鳥や野生の生物をフィールドで調査研究するサークルに、カトウさんという先輩がいました。わたしより8歳年上のお兄さん的存在でした。たまたま部室で二人きりになっておしゃべりをしていたとき、カトウ先輩が、わたしの頭を不意に撫でました。

「羽馬さんて、可愛いこと言うなあ」と、その右手がわたしの頭頂部を触りました。

あ。

それは性的な欲望というより、後輩となにげなくじゃれたかった、という性質のものだったと、今冷静に考えればわかります。しかし、小学生時代から義父に頭を叩かれてばかりだったわたしは、その瞬間、未知のスイッチが入ってしまいました。涙が出そうになり、なんとも言えない温かくて心地いい感覚に襲われたのです。

このときが、愛着障害が明確に発症した瞬間でした。

その日から、カトウ先輩に憧れ、いつもいつも先輩のことばかりを考えて、会いたくてたまらず、会えば会ったで、もっともっと！　と優しさを期待するようになりました。優しい言葉と優しいまなざしに期待し、頭を撫でてほしいという感情で狂いそうになります。半同棲していた彼氏に対しての罪悪感も芽生えませんでした。

わたしには優しさと愛情の区別もつきません。皆さんは、つくのですか？

その夏のある日のこと。放課後、いつものように部室でブルーハーツや吉田拓郎を聴きながら、お酒を呑んで野生の生物について語り合っていました。真夏でも、夜になると寒い日がある北海道では、部室にはいつもコタツが用意されています。コタツを囲みながら、部員数名で夜遅くまで他愛もないことを話し込んでいたのです。

当時の母校には、部室にも構内にも、夜間でも出入り自由な校風がありました。我がサークルの学生たちは、たくさんの漫画や研究資料、野生動物の図鑑がぐちゃぐちゃに積み重なり、お菓子が散らばった、甘い匂いと汗臭さが同居する部室で、男女関係なく酒を飲んで雑魚寝《ざこね》をするという無邪気さがありました。

夜も更けて、仲間たちが三々五々帰るなか、わたしはカトウ先輩に、「帰らないで。お願い。もう少しそばにいて」とずっと祈るような気持ちでいました。その願いを知ってか知らずか、先輩はお酒を呑みながらゴロゴロとコタツで横になったので、わたしもその隣に寝そべりました。ご主人になつく子犬のような気持ちで。そして偶然手が触れたのをきっかけにして（本当に偶然だったかどうかはわかりません）、そのままセックスをしました。朝まで一緒に過ごした後、先輩は「このまま俺のアパートへ来ないか？」と言い、わたしは迷うことなくついて行きました。昨晩部室でかかっていた、ブルーハーツの「TRAIN TRAIN」が頭のなかでリフレインしています。最高に気持ちのいい朝でした。

土砂降りの痛みの中を傘もささず走って行く
嫌らしさも汚らしさも剝き出しにして走って行く
聖者になんてなれないよ　だけど生きている方がいい

だから僕は歌うんだよ精一杯でかい声で

わたしには付き合っている彼氏がいたし、カトウ先輩にも彼女がいた。お互いに浮気だった性的関係は、その後、半年も続いてしまいました。自分にも人並みに性欲があるということを、カトウ先輩がわたしに教えてくれたのです。いえ、今まで気がつかなかった分、それは人並み以上に熱く燃え上がりました。彼氏と同じことをしても燃えない何かが、カトウ先輩だと燃え上がったのです。

溺《おぼ》れる、ってこういうことなんだ。

ほら、やっぱり愛着障害じゃなくてただの恋愛じゃないか、と思う人もいるでしょう。しかしこのときのわたしは、お父さん的存在と性的快楽を一挙両得《いっきょりょうとく》したような気分でいました。誤解しないでほしいのですが、愛着障害の対象となる男性に、必ずしも性的関係を求めているわけではありません。セックスそのものより、頭を優しく撫でてほしいとか、わたしのことを心配して叱ってほしいとか、よく頑張ったねと褒めてほしいとか、そういう欲求のほうが強いのです。だけど、いざ、愛着を起こした男性とセックスをしてしまうと、その愛着感情はますますエスカレートし、狂い、溺れていきます。

実は同じ頃、年配の女性に対しても愛着感情は起こしていました。しかしトラブルにまでは発展しませんでした。たぶん、女性のほうが人と人との距離感に敏感なので、わたしが依存すると、すーっと距離を置くからではないでしょうか。だからわたしも、目が覚めやすい。言葉にしなくとも、「これ以上わたしに依存してきたら、あなたのことを嫌いになるからね」と、はっきり態度で示す女性が大半です。

一方、男性の多くは、わたしが一方的な感情をぶつけたときも断りきれず、大半が「俺がなんとか力にならなければ！」という気持ちになるようです。頼られた男の責任感でしょうか。そういうタイプの男性を無意識に探していた部分もあります。じゃあやっぱり、女性よりも男性がいいじゃないか、というとそう簡単な話ではなく、その、「俺がなんとかしてやらないと」という態度が、わたしの愛着感情をますますエスカレートさせ、結果、わたしが苦しむことになる。だから、辛いのです。

カトウ先輩との性的快楽に溺れた日々には、ある日、あっけなく終止符が打たれました。2003年9月26日、AM4時50分。北海道釧路《くしろ》沖を震源とするマグニチュード8・0の十勝《とかち》沖地震が発生。帯広にも、震度5強の揺れがありました。

先輩の部屋で朝まで裸でうとうとしていたのですが、突然の揺れに飛び起き、逃げようとするのですが、お互いが全裸のままでした。薄暗がりに散乱しているだろう下着を探す余裕はありませんでした。四畳半の造りの悪い狭い部屋に収まった大きな本棚が、今にも倒れそうにぐらぐらと揺れ動いています。本棚の下敷きになって死ぬか、裸で外に飛び出すか。でも先輩と一緒ならば死んでもいいか。布団をかぶりながらそんなことを考えました。結果的に本棚が倒れないうちに、地震が収まり、二人でホッとしてテレビの地震速報を見ていました。

地震から30分もしないうちに、突如、ドアノブを開ける音がしました。田舎町の安アパートだったため、鍵をかけるという習慣がなかったのです。その声は、カトウ先輩と親しくしている同じサークルのヤマダ先輩でした。

「カトウ！　大丈夫か？」

勢いよくドアが開けられ、わたしたちは隠れる間もなく、全裸姿の浮気現場を見られてしまいました。ヤマダ先輩は一瞬固まって、無言のままで踵《きびす》を返しました。わたしたちの関係は、地震速報のような素早いスピードで、またたくまにサークル全員が知るところとなりました。もちろん、先輩の彼女にも。そしてわたしの彼氏にも。

話があるとカトウ先輩から呼び出されたのはその数日後。

「もう君との関係はこれで終わりにする」

終わりにしない？　とか、どうしようか？　というような相談ではなく、一方的な終了宣言でした。ただ、唖然とするしかありませんでした。わたしは彼氏からも当然のように振られました。「君ってそんなに軽い女だったんだ……」と。

屈辱。寂しさ。孤独。慟哭《どうこく》。

ひとりになったアパートでわたしは獣のように叫び、泣きました。

わたしが所属していたサークルには変わった学生が多く、こうした人間関係トラブルも頻繁に起きていたため、特別問題視されることもなく、来る者拒まず、去る者追わずといった感じで、サークルで排除されることはありませんでした。ただ、噂だけは面白がって拡散されました。カトウさんの彼女も同じサークルの先輩。さすがに、もう後輩としてわたしを可愛がってくれることはありませんでした。

新たな依存先を求めて漂う

お父さん的存在を失ったわたしは、希死念慮《きしねんりょ》に駆られながら孤独の海を漂いました。当時、アパートの隣の部屋に住んでいた大学の先輩で、同じサークルの先輩でもある3歳年上のユキさんが、そんなわたしを心配し、毎日のように様子を見に来てくれるようになりました。ユキさんは、派手なお洒落をするわけでもなく、いつも地味なトレーナーにジーパン姿。でも、誰にでも優しく、礼儀正しい人だったので、サークル内でもお姉さん的存在として、先輩からも後輩からも慕われていました。

ユキさんは卒業論文と大学院の入試を間近に控えており、日々忙しいなか、空いた時間にわたしの部屋にやってきては相談に乗ってくれ、真摯《しんし》に寄り添ってくれました。

こんなに近くに、こんなに頼れる人がいたのだ。姉とは、こういうものだろうか。孤独の海のなかに光が差し込んだようなあのときの感覚を未だ忘れずにいます。いつしかわたしは毎晩のように「寂しいから一緒に寝てほしい。死にたい」とユキさんの部屋のドアをノックするのが日課となりました。

ユキさんは嫌な顔ひとつせず、勉強の手を休めてわたしに付き合ってくれるのでした。いつだって、大事な試験勉強よりもわたしを優先してくれる彼女の態度に、わたしはこころから満足しきっていました。

でもその満足感は、すぐに物足りなさに代わり、ユキさんを試す行動に出るわたしが現れるのです。

もっともっと。もっともっとわたしを見て。わたしを気にかけて。

薬局で市販の鎮痛薬を大量に買ってきて自殺未遂をしてみたり、部屋中のものを癇癪《かんしゃく》を起こして壊しまくり、大暴れしたりするわたしに付き合うユキさんにも、いつしか限界が見えてきました。

「あなたは甘えているよ！」と、激しく怒られたこともあります。疲れきったユキさんが大粒の涙を流したことも。これでもか、とわたしが酷い行動に出ても、「あなたが本当に死んでしまったら……と思うと心配でならないの！　後悔したくないの！」と言い、わたしを諦めませんでした。

その春、ユキさんは大学院の試験に落ちました。そこでわたしは初めて、自分の罪深さに気がついたのです。

浪人を決意したユキさんの手を、わたしから離しました。

それから10年後に、ユキさんがこんなメールをくれました。

「あのときの出来事は衝撃的だったけれど、あなたを恨んでなどいない。あなたが、今、元気に前向きに生きてくれていることが嬉しい。あのとき、自分は本当によいことをしたのだと思えるし、後悔などしていません」

わたしはただ大泣きするしかありませんでした。ユキさんとは、今でもたまにメールのやり取りをします。大人になってくれて本当に嬉しいです！　応援しているよ——その一言で、どれだけわたしが生きられているか。今は感謝しかありません。

自殺未遂から医療保護入院に

ユキさんへの執着と別れを告げたわたしは、一度は治まっていた症状が悪化し、大学の学生相談室を通して、精神科への通院を勧められました。

最初にドアを叩いた精神病院の精神科医は、40代後半くらいの男性。初診からとても冷たくキツい話し方をしたため、こころを開く気にはなりませんでした。処方された安定剤のような薬を飲んでも、精神状態が落ち着くことはなく、むしろ、パニック症状が酷くなり、さらに薬を大量に飲んでしまったり、薬を飲んだまま飲酒し、酩酊《めいてい》して、気がつくと知らない町で一人で朝を迎えることもありました。

自殺未遂を繰り返したわたしは、とうとう精神科の閉鎖病棟に医療保護入院となりました。しかし、わたしの病状を理解できない主治医は、子ども時代のこころの傷に向き合ってくれることもなく、はっきりした病名すらつけてもらえませんでした。このため、治療やカウンセリングを受けることもできなかったのです。

入院初日から、わたしは閉鎖病棟の保護室に入れられました。まるで刑務所の檻のような、鉄格子の柵がある小さな部屋でした。入るときには、女性職員がわたしの身体をくまなく手で触り、刃物など危険物を持ち込んでいないかチェックをしました。

個室のその部屋には薄い布団が敷いてあり、囲い一つない便器がむき出しで部屋の片隅に設置されていました。生理のときは、生理用品を必要分だけ渡され、それも丸見えのなかで処理をしなければいけません。暴れたりすると、胴体を抑制する精神科専用のバンドで身動きが一切取れないように、身体拘束《こうそく》されます。わたしは実際に、身体拘束されている患者を目撃しました。保護室の鉄格子の柵に両腕を縄で縛られた状態で座り込んで泣き叫んでいました。壁には、年代物の監視カメラが設置されていました。まるで深夜映画に出てくる刑務所のセットみたいだと思いました。隣の保護室の声も聞こえてきました。どれほど入院が長いのか、隣同士の患者が仲良くなって会話していたのです。知的に障害がある患者さん同士だろうということはなんとなく聞き取れました。

鉄格子の柵の下にトレイが入る程度の隙間が開いており、朝、昼、晩と、定刻になればスタッフが食事を持ってきました。しかしわたしたちに話しかけることはなく、ただ事務的にトレイが鉄格子の柵の下から入れられ、食べ終わったら、またその隙間から片づけられていくだけです。

丸一日やることが何もありません。寝ているしかない。痺《しび》れをきらしたわたしは、入院から3日目、食事配膳にきた職員に話しかけました。「あの……、とても退屈なので、何か本でも持って来てもらえませんか?」と。しかし女性スタッフは「主治医の指示がないと許可できません」と冷たく言い放ち立ち去っていきました。

保護室に入るときには、主治医から何も聞き取りはありませんでした。「大丈夫かい？」と一言声をかけてくれることもありませんでした。なんの説明もなく事務的に保護室に入れられたのです。ようやく保護室にやってきた主治医は、鉄格子越しに淡々とこう言いました。

「あなたにも何か病状があるのだろうけど、忙しいので対応できないんだ。保護室を出て、病棟の方へ移ってほしい」

治療を冷たく放棄したのです。そのときはわかりませんでしたが、主治医の言う病棟とは、閉鎖病棟のことでした。

閉鎖病棟での冷たい日々

なんと暗くて冷たい廊下なのだろう。保護室から出て、閉鎖病棟というところの光景を生まれて初めて目にします。冷たい廊下にどてっと横たわって寝ているおばあさんだかおじいさんだかわからない人、常に何かをブツブツ言いながらひたすら歩き回る青年、ひひひひひ！　と笑い声を上げながら、わたしに近寄ってくる年齢不詳の人。

足が震えました。なぜ自分がここにいるのかわからなくなりました。

精神科には自由に病院外へ出ることができる開放病棟と、自分の意思で外に出ることのできない閉鎖病棟があります。わたしはその後も何度か、どちらの病棟にも入院しました。

これは、ある精神科の閉鎖病棟に入院したときの出来事です。

その閉鎖病棟へは計3回入院し、入院期間は最長で約50日間に及びました。北海道の田舎町、まわりに住宅街も商店も何もない山や畑ばかりの僻地《へきち》に忽然《こつぜん》と現れる、鉄筋コンクリートの古い建物は、もともとは小学校だったそうです。

入院する日、必要な生活用品をスーツケースに入れて病院を訪れたのですが、まずナースステーションで持ち物検査が行われました。上着が3点、下着が5点、靴下が3点など、すべての持ち物を机に出され、記録されます。まゆ剃り、ハサミ、カッターなどの刃物類は持ち込み禁止物として取り上げられました。無論、携帯電話もその場で没収《ぼっしゅう》。許可をもらえば、夜7時から30分間だけは親族や友人との電話が可能でした。公衆電話は1台だけあり、テレホンカードを自分で購入して使います。そのテレホンカードの管理はスタッフが行いますが、使用量の制限があり、長電話はできません。

その病棟の職員は30名ほどだったと思います。しかし誰一人、廊下ですれ違っても、挨拶すらしません。患者とは、無視するものと決まっているようでした。彼らにとって、患者は人間ではなく、公衆電話や掲示板と同じ、モノなのです。

食事も酷い有り様でした。たとえば、重度の認知症で食事介助が必要な高齢者の人には、ご飯と味噌汁、おかずをすべてぐちゃぐちゃに混ぜ、犬の餌のような状態にしたものを、機械的にせっせと口へ運びます。苦痛に顔をゆがめながらその人が犬の餌を飲み込むや否や、またスプーンを口に突っ込む。これが食事なのか、と唖然としました。大学で飼っていた小動物への餌やりだって、これの10倍は丁寧に行います。自動販売機も、あるにはありましたが、自由に購入はできず、週に1度、ジュースを2本買える程度の現金が支給されます。しかも曜日が決まっていて、その日しか使えませんでした。そのため普段は、食事の際に大きなヤカンに入って提供されるお茶を、自分のペットボトルに入れ替えて水分補給をするしかありませんでした。

入院患者は、男女合わせて70人くらいでした。男女の病室の境には、冷たいテーブルに硬い椅子という事務的な雰囲気の食堂兼談話室がありました。テレビが1台あるだけで、他に気分転換できるようなものは何ひとつありません。娯楽といえば、持ち込みの許された本やCDを聴く以外は何もなく、体育館でバレーボールをしたり、作業療法士と一緒に行うパズルや、子どもだましの工作をしたりする時間があるだけで、患者一人ひとりに合ったメニューというものはありませんでした。昼間は男女の病室に出入りが可能ですが、夜9時には仕切り戸が立てられます。

わたしは、4人部屋に入れられました。隣のベッドの40代女性は、同系列の医療法人の開放病棟からここに転院となったと言いました。その理由は、前の病院で3階から飛び降り、自殺未遂を図ったからだと。彼女のうつ状態はとても酷く、わたしは常に相談相手にされてしまい、うんざりする日もありました。昼間にうたた寝をしていたら、うっー！　うっー！　という唸り声が聞こえて目を覚ますと、その女性が、電気のコードで首を絞めてもがいていました。わたしは飛び起きて、ナースステーションに全力で走り、看護師さんと一緒に彼女の自殺を止めました。閉鎖病棟にはなぜか、ナースコールがないのです。そのまま彼女は、保護室へと連れて行かれました。今まで、死にたい側にいたわたしが、死にたい人を止める側にまわるなんて。

向かいのベッドにいた女性は、少し知的障害があるのか、会話が成り立たないことがよくありました。でも、優しく話しかけると笑顔を見せてくれ、一生懸命に話そうとしてくれました。彼女の困りごとは、夜中のおねしょが治らないことでした。

近くの部屋からは、ときどき、大きな笑い声が聞こえてきました。その部屋をのぞきに行くと、ベッドに座ったままの50代くらいの女性が、壁と会話をしています。

ベッドを囲むカーテンはないので、どの人も丸見えなのです。網戸もないため、夏は部屋中が虫だらけになりました。夜になると大きな蛾が何十匹も蛍光灯に群がり、顔にも近寄ってくるため、手で払いながら長い夜を過ごしました。平和な日もありましたが、時折、知的障害のある人が職員に暴力を振るい、修羅場《しゅらば》となることもありました。

病院での一日のスケジュールをざっくりとお話しします。朝6時に起床し、朝食までは顔を洗面所で洗ったり、歯を磨いたりするだけで特にやることはなく、起きてもベッドで食事の時間までゴロゴロとして過ごしていました。食事の時間になると、食堂には患者が70名ほど、座る場所がないくらいびっしりと押し寄せます。カートに運ばれてきた食事のなかから、自分の名札が置かれているトレイを取り、好きなところに座って食べて、またトレイをカートに返します。食事は非常に不味く、貧しく、海苔の佃煮や薄っぺらい焼き魚、納豆、具がわずかな味噌汁などの質素なメニューが定番でした。たまに近所の農家からもらうトウモロコシは、やせて売り物にならない廃棄《はいき》物でした。入ったことはありませんが、刑務所と変わらないなと思いました。罪を犯したわけではないのに。

それでも、食事くらいしか楽しみのない閉鎖病棟のなかで、患者たちは我先《われさき》にと自分の名札の書かれたトレイを競うように取ります。同じ時間、同じ場所に多くの患者が集まるのですから、決して余裕のある食事風景ではありませんでした。

食事が終わると、看護師のところに水の入ったコップを持って並びます。順番に薬を手渡され、その場で飲みます。きちんと飲んだのか確認を受けるためです。患者本人に薬を渡すと、その場で飲まずに貯めておいてオーバードーズする人もいるので、必ず、飲んだかどうかその日の担当の看護師が確認したうえで投薬されました。

朝食から昼食までは自由時間です。作業療法や体育館での運動などは本人の意思に任せられていたため、どちらも退屈だったわたしはベッドに戻り、本を読んだり、音楽を聴いたりして時間をやり過ごすのが常でした。

お風呂は週に2、3回ありました。小さい銭湯のような風呂に呼ばれ、数人で一緒のお風呂に入るのでした。危険回避のために必ず職員が2名ついていて、すべてを見られている状態でした。

昼食の後はまた自由時間で、夕食の6時まで何もすることがなく、午前中と同じように暇をもてあますか、気分のいい日は作業療法の部屋に行き、やりたくもないパズルをやって時間を潰しました。体育館では午後からカラオケをすることができました。カラオケが好きな人たちは楽しんでいましたが、わたしは、歌ったことがありません。

夕食を食べて服薬も済ませ、歯磨きを終えると、後は寝巻きに着替え、寝る準備に入ります。夜7時から30分間だけ携帯電話が使えるので、ナースステーションに駆け寄って、預けている自分の携帯電話を渡してもらい、友人に電話することができました。

それが終わると、夜8時には、就寝薬を患者全員分カートにのせた担当の看護師が、病室を順番にまわってきます。静まり返った夜の病棟で、就寝薬の担当看護師が引く薬と水が入ったカートは、キーキーと金属が擦れる音をさせていました。薬を飲めば、あとは夜9時の消灯までベッドの上でゴロゴロするしかやることはありませんでした。夜9時～早朝6時まで毎晩必ず暖房が消されます。経営難による節約のためだと思いますが、北海道の真冬の夜に、凍え死にそうな思いをしたことをよく覚えています。何枚も服を着込んで寒さを凌ぎました。朝、看護部長が部屋の温度を測りに来たときは、室温が外気温と変わらないマイナスの気温だった日もありました。

人間を一番脅かすものはなんだろう

とあるエピソードをご紹介します。同室だった40代前半のSさんは、統合失調症と、おそらく、軽い知的障害があり、家族もいなくて天涯《てんがい》孤独のようでした。化学療法のためか、髪がなくていつも帽子を被っていました。本人は、わたしはがん患者なのだと言っていました。そんな重い病気の彼女に、あるベテラン看護師は頻繁に怒鳴りつけ、言葉で虐待していました。虐待の理由は、失禁でした。

「あんたはいつまでたってもわからない人だね！」とまわりが驚くほどの迫力で怒鳴りながら病室に入ってくるのです。「ちゃんと水の記録してる？　もうあなたには嫌になっちゃうわよ！　何度言っても、失禁が治らないんだから！」

Sさんは毎日手帳に飲み水の量を記録し、自分で計算し努力していました。それでもコントロールできない失禁を、看護師が努力不足だと怒鳴りつけるのです。

その看護師に悪意はなく、Sさんのためにやっているると思い込んでいるようでした。カーテンがない病室だったので、わたしはその様子をじっくり観察することができたのです。Sさんは、虐待された翌日に決まって幻聴《げんちょう》を起こし、酷くうつ状態になりました。

わたしは、その看護師の虐待について、本人の口から看護師長に報告させたかったのですが、Sさんにはうまく説明できないのは明白でした。そのため、わたしが訴えるしかありませんでした。師長は、早急に対応し注意してくれました。しかし、看護師長が注意したあとも、虐待は止まりません。仕方なく、何度もわたしが師長に報告をする羽目になります。

「師長さんが注意してくれたのに、また同じことが起こったんです。またSさんは翌日に幻聴を起こしてうつ状態になったんですよ。虐待を止めさせられませんか？」

師長も、いい加減面倒になったのか、わたしにしかめ面をしました。

「Sさんは、統合失調症だから、幻聴を起こすのよ」と。

しかし、わたしが入院していた約50日間で、Sさんが幻聴とうつ状態を起こしたのは、虐待があった翌日だけだったのです。うつ病でもそうですが、一般的に、精神病は、ストレスで悪化します。同じ病室のなかで、目の前で繰り広げられる医療者から患者への虐待。虐待されている本人に訴える能力がないためにわたしだけが苛立ちを募らせていくようになっていきました。Sさんに、「このままでいいの？　あんな酷く怒鳴られて、悔しくないの？」と詰め寄ったこともありました。だけど、協力して闘うということもできない。わたしはある日とうとう、その看護師に対し、直接声を荒げてしまったのです。

「きさま！　いい加減にしろよ！」

怒りが爆発し錯乱《さくらん》状態となって、その看護師を責め立てました。どんな言葉を言ったのかは、正確には記憶が飛んでいて憶えていません。その光景は、他の職員も見ていました。そして、わたしが退院する日まで、その看護師は休暇を取らされることになりました。

その頃からです。職員のわたしへの態度がガラリと変わったのは。

閉鎖病棟に入院している人の大半が、統合失調症や重い認知症、知的障害の方ばかりのなかで、わたしは、師長にチクる患者だとして警戒され、職員から冷たい扱いを受けるようになります。休暇を取らされた看護師が可哀想だと言う職員も少なくありませんでした。わたしたちがどれだけ日々、辛い現場にいるのか知らないくせにと。

先の看護師長は、わたしに冷たくこう言いました。

「羽馬さん。あなたの場合、問題は性格ね。ここに入院している他の患者さんとあなたは違う。あなたは頭もいいし、判断力もある。それなのに問題を起こすってことは、病気じゃなくてあなたの性格の問題よ」

それは違う、とわたしは反論しました。子ども時代、酷い家庭で育ち虐待され続けたから、大人になっても感情のコントロールができないのだと。すると看護師長は、意地悪そうに目を細めてから、溜息をつきました。

「あら、そんな人は見たことはないけれど。確かにあなたは可哀想な子ね。でも、いいですか？　虐待の後遺症は、子ども時代に起きるものなのです。大人になってから起きるのは、単なるあなたの性格の問題じゃないの？」

そのときは怒る気力もなくなり、ただただ失望しました。それよりも、腹が立ち、涙が出るほど悔しかったこと、それは、虐待した看護師が休まされて可哀想だと言う職員がたくさんいるのに対し、Sさんが可哀想だと言って面会に来た職員は、50日間一人もいなかったことです。

結果的に、わたしはその病院にいられなくなりました。

わたしは毎日、Sさんと話しました。言葉が通じないこともありましたが、彼女の過酷な物語を少しずつ知るようになりました。亡くなったお父さんの写真を、毎日眺めている彼女の姿は今でも忘れられません。彼女が最も苦しんでいたのは、統合失調症でも、がんでも、失禁でもなく、「孤独」でした。

迫りくる死よりも、人間を脅かすものは、孤独なのだと知りました。

複雑性ＰＴＳＤ

病院が実家に連絡を取りました。母は突然、関西からわたしの入院する精神病棟へとやってきました。入院費も母が支払い、いったん兵庫の実家に帰るということで、退院させられました。保護者の方と一緒なら安心ですね、と主治医が言いました。

保護者？　保護者って誰のこと？　違う。この人は保護者じゃない。虐待者だ。

そんなこころの叫びは誰にも聞こえません。

「ああ、穴があったら入りたい！　あたしの娘が精神病患者だなんて、ああ恥ずかしい！北海道であんなに恥をかくなんて思わへんかった。お母ちゃんに問題があると思われたじゃないの。問題はね、あんたや！　死にたいなんて、あんたの頭がおかしんや！」

久しぶりに会った母は、何も変わっていませんでした。

３日ほど実家に滞在した後、また逃げるように、北海道のアパートへひとりで飛んで帰ったのです。母は追いかけては来ませんでした。

再びひとりになったわたしは、精神的に不安定なまま大学生活を続けました。どうしても入りたい研究室があったため、授業は休まず成績も落とさずに大学だけは行っていました。しかし原因不明の強い不安や、緊張で身動きが取れない日々はたびたび襲ってきました。どれほど精神状態が悪化しても、もう精神科医を頼ろうとは、大学時代は思いませんでした。一度、医療保護入院となっただけで大学時代はそれ以降、一度も精神科へは通院しませんでした。子ども時代の虐待体験を話しても、何ひとつ理解もしてくれなければ優しい言葉もかけてくれなかった精神科医に、もう何も期待することはなく、どれだけうつ状態が悪化し倒れている日々を送っても、SOSを出すことはなく、抗精神薬を飲んで治療をしてもらうという気持ちもなくしてしまいました。

貸与型奨学金とアルバイト収入に頼った大学生活でしたが、精神的な落ち込みが酷く、アルバイト先からの電話に出られずにクビになったこともあります。

気が狂いそうなほどの孤独に苛《さいな》まれ、自分はこの世界で独りぼっちなのだという底知れぬ寂しさから、自分はやっぱりおかしいのだろうか？　いったい何の病気なのだろうか？とネットで何度も検索しました。

自分の症状と似たような病気を見つけますが、ピッタリと当てはまる病名は見つからず、これでもない、あれでもない、やっぱり自分は病気ではないと結論を出すしかありませんでした。過去の記憶が何度も生々しくフラッシュバックし、七転八倒したこともあります。こころにブラックホールのような暗い穴がいつもあって、広がっていくのです。その穴は前からあって、今まではカトウ先輩とのセックスや、ユキさんとの楽しい会話などでなんとか埋められていたのです。でももう、穴を埋めるものが見つかりません。

そのこころの穴に、わたし自身がブラックホールのように吸い込まれていく感覚。そこに落ちたら、もう二度と這《は》い上がっては来られないのだという恐怖。恐る恐るその穴の淵に立って奥を覗けば、闇の向こうには母や義父たちがいました。

最近、厚生労働省が家庭内虐待や性的虐待など長期にわたる対人関係から起こるトラウマを、それまでの「ＰＴＳＤ」の概念とは分けて、「複雑性ＰＴＳＤ」という病気として認定しました。しかし当時は、虐待被害者が成人後に起こす後遺症など、専門家でさえほとんど認知していない時代でした。

愛着障害あるある編 1

KOBAN
また来たの?、
今から死にます!
で、精神病院へ送還される…。
死んでやる〜
ぜったいとび込まないよアイツ
またかよ
みんなの前で自殺をアピールしてみる。

愛着障害 あるある編 2

でも本当は
人に頼るのが苦手…。

ひとりのときは…
孤独死の恐怖に
たえ切れなくて…。

うつが悪化…。

第4章
大人になってもトラウマは続く。

人生を受け入れるために、わたしがしたこと

この頃、自殺したいと思ってもそう簡単に人間はくたばれるものでもないのだと知ったわたしは、人間には二択しかないと悟《さと》ります。二択とは、「自分の人生を受け入れて生きるか、それとも死ぬか」です。どんなに死にたい夜も、時間が経ってこころが落ち着いた朝も、お腹が減っているわたしがいる。誰かと会話をしたい、コミュニケーションを取りたいと思うわたしがいる。

わたしの、死にたい！　は、もしかすると、生きたい！　の裏返しなのかもしれない。

幼い頃からずっと、夢想していたことありました。小学生のときも、中学生のときも、高校生のときも、一番の願いは、自分の人生を歩むのを止めて、幸せな家庭に生まれ直し「他人の人生を歩みたい」という願望でした。同級生のAちゃんの家庭に生まれていれば、Bくんの家庭に生まれていれば……就寝時になると目をつぶって、理想の家庭の食卓で美味しいごはんを食べて、笑いながら家族と会話をしている自分の姿をイメージします。そこは、アルコールの匂いもすえた服の匂いもしなければ、母の叫び声も妹の泣き声も聞こ

えない場所。そっちが現実で、現実が夢ならよかった。このまま目を閉じていられるなら、わたしはずっと健やかな家族のなかで成長できる。その空想の場所でなんとか、自分自身の精神を保っていたのです。

しかし、大人になるにつれてそんな夢想もできなくなりました。精神科でも理解も支援もされず、誰も助けてはくれないということ、他人の人生はどうやっても歩めないということを悟ったからです。二十歳で自分の人生を受け入れて、ようやく前向きに努力して生きていこうと決心しました。

このとき、同時に、わたしは「あるもの」を捨ててしまいました。それは、友人や家族など、人と過ごす穏やかで幸せな時間です。子ども時代からずっと望んでいたものなのに。精神科でも向き合ってもらえなかったため、人を信用することも頼ることもできないのだと思い、自分は、誰とも深く関わらず、ひとりで生きていこうと決心します。人というものが怖くなったのです。

それ以降、大学では好きな生き物の研究だけに没頭し、友人と遊ぶことはありませんでした。最初の頃は真面目で研究熱心な先輩として慕ってくれていた後輩や同期の学生とも仲良くしていましたが、協調より自分の研究を優先させ、いつもイライラして、ときに暴言を吐いて当たり散らすわたしは、いつしか研究室でも孤立していきました。

これでいいのだ、と思いました。

一度信頼し友人関係になっても、どうせわたしはすぐにその関係を壊してしまう。ならば、最初から友達なんか作らないほうが、わたしはこころの安定を手に入れられる。

貸与型奨学金を借り足して、大学院（修士課程）まで進学しました。学部と異なり、大学院では、業績が優秀であれば、貸与型奨学金が免除される制度があったため、それを目指して勉学に必死で励みました。そして大学院を無事に卒業し、貸与型奨学金２２０万円は全額免除になりました。

しかし、大学6年間、ずっと精神不安は続きました。酷いときは、何日もうつ状態で起き上がれないこともありましたが、精神科へ行く気は、もう一切、失せていました。

虐待の後遺症は成人後も長く続くことが多いのですが、精神科医や精神科スタッフでさえも「虐待の後遺症は子どもだけに起きるもの」という間違った認識をしている人が多いように思います。児童虐待が専門の精神科医や大学の研究者も、「虐待を受けた子ども」のケアをどうするか、という講演会や学会発表を行っている様子は見聞きしますが、虐待の後遺症に苦しむ大人のトラウマのケアに取り組む専門家は日本では非常に少なく、大人の虐待被害者が精神科へ通っても、適切な治療を受けられることが少ないのが日本の精神科医療の実態ではないでしょうか。

児童虐待による大人の後遺症は、精神科医療現場において、その人の生きてきた背景まで見ないと本当の原因にアプローチすることができないのです。

わたしには、社会の不公平さを恨んだり友人や同級生と比べたりして、自分の状況が劣っていると感じたときは、いつも苦しいくらいの嫉妬心がありました。だけど、不公平さを恨むのではなく、ありのままの自分を受け入れ、他人と比べることを止めてみるように自分の考え方を変えていきました。すると、恨んだり、嫉妬して苦しんだりする状況から解放され、こころが楽になっていったのです。

他人や友人がどうであれ、自分の人生には直接的には関係ないことです。それならば友人の幸せを嫉妬するのではなく、一緒になって喜んだ方が、自分のこころも幸せな気持ちで満たされる。この考え方の方が生きていく上で得だなと思うようになってから、「他人との比較」という苦しみから解放された自分がいました。

就職活動に失敗しアルバイト生活の日々

大学院の修士課程2年のとき、就職先を探しますが、自分の野生動物の研究を活かせる求人はほとんどなく、あっても狭き門でした。専門外の仕事でもいいかと思い、求人サイトに登録し仕事を検索しますが、どの仕事にも興味が湧かず、どんな仕事をするのかイメージもできませんでした。

子ども時代から社会のことを何も学んできていなかったため、視野がとても狭く、自分の研究してきた野生動物のこと以外、何の知識もない自分に気がつき愕然《がくぜん》としました。就職活動をしようにも、自分は何も知らない。就職活動は、恐怖でした。わたしにとって自分の学んできた専門外の社会へ飛び出すということは、未知の大海へ浮き輪ひとつないまま投げ出されるということでした。世の中というものがわからなすぎて、ただただ怖い。どうしてみんな、何も怖がらずに、社会へ飛び出していけるのか。わたしには何が足りないのか。いや、すべてが足りないのかもしれない。履歴書を前にして何時間もペンを動かせずに一日が終わったこともあります。

ついに、大学院在学中に就職先が決まるという結果には至らず、無職のまま卒業してしまったのです。

25歳になっていました。運悪くリーマンショックが起きた直後で、世間では「派遣《はけん》切り」が横行し、「年越し派遣村」などが話題になっていた頃です。また、今のように「第2新卒」というものがまだ社会に浸透していない時代だったため、既卒での就職活動は困難を極めました。

仕事が見つかるまでの間、母の実家に一時的に寝泊りさせてもらいながら、アルバイトをして就職活動をしようとしました。しかしこの頃の母は、新しい男性とまた再婚した後、離婚し、地元を離れ別の県で生活保護を受ける状態になっていました。

無職の母は、大学を卒業して戻って来たわたしを責め立てました。そこには、今までの怒りの他に、大卒なのに無職で帰って来た娘に、大学進学を反対した自分の言い分は正しかっただろ？　と言いたげな言葉も入っていました。

「おまえの顔を見るだけでイライラする！　水道代もタダじゃないんや！　家の食べ物は何も食うな！　えらそうな口を叩いて出て行ったくせにさ！」

結局、1週間も経たないうちに実家から追い出されてしまいました。

青春時代を過ごした北海道に再び戻りたいという寂しさが襲ってきました。辛い大学時代だったけど、それでも青春時代を過ごした北海道はわたしにとって第二の故郷になっていました。しかし、もう北海道に戻るだけの引越し代もありません。仕方なく、しばらくは母と同じ街で、敷金も礼金もいらないボロボロの風呂なしアパートを月1万円で借り、シャワーはネットカフェで済ませながら、アルバイト生活を続けました。ネットカフェには若い大学生の姿もよく見かけましたが、もうずっと長い間暮らしているだろうと思われる中年男性も少なからずいました。

アルバイトは何でもやりました。交通誘導のアルバイトは日雇《ひやと》いで、その日のうちに日給7000円を現金でもらえます。お金に困っていたわたしは昼食代を削って、公園の水で空腹を凌ぎながら働きました。ラーメン屋で働いたときは、賄《まかな》いが食べ放題だったので、一日分の食事をアルバイト先で補給するといった貧困生活を送りました。

大学院まで卒業したのにアルバイトで生活をするという状況は、本当に惨めでした。景気のいい時代に大企業に就職し、就職氷河期を経験していない世代の親戚からは「大学院まで出てアルバイトしているの？」と無神経に言われ傷つきもしました。大学院であれだけ研究を頑張り業績も残したのに、今やフリーターという自分はただただ情けない存在で、もう友人とも親戚とも、誰とも会う気にはなれませんでした。

誰にも頼らない、と決めたはずなのに、でも、どんどん人を切っていくたびに自分の魂もずたずたに切られていくようでした。

古本屋へ行って自己啓発本を何冊も買ってきては、生きていく答えや自身の在《あ》り処《か》を探して貪《むさぼ》り読みました。気になる言葉を見つけては、そこに付箋《ふせん》を貼り、何度も読み返し、自分の御守のように持ち歩き、いつでも読める状態にしていないと精神を安定させることができませんでした。神社で御守を買ってきて、胸に抱きしめ、すがりつきながら眠りに落ちる日々を過ごしました。

母に対しては、親としての愛情を求める気持ちはもうとっくになくなっている自分に気がつきました。いつのまにか、ただ無関心な他人と同じ存在となっていました。高校生くらいまでは、母親が料理をしてくれないこと、親として一緒に過ごしてくれないことに不満を持ち、母親らしくしてほしいと愛情を求める自分がいたのに、あのときのわたしはどこに消えたのでしょうか。

死なないなら生きていくしかなくて、生きなければいけないのなら親よりはマシな人間になろう。

台所も風呂も何もない6畳一間の畳だけのアパートで、食事はいつも、近所のスーパーで値下がりした時間帯のお弁当でした。大学時代からずっと貧乏学生だったので特別、食生活に変化があったわけでもありません。外食して美味しいものを食べたいとか、好きな服を買いたいとか、贅沢をしたいという欲求も完全に失せてしまい、ただ、仕事と就職活動以外は、眠ることが一番の幸せでした。御守を抱きしめて寝ている間は、現実の苦悩からほんのわずかな時間だけでも解放される。ただひたすら眠ることで逃避していたように思います。

お金が足りない分は新聞配達もしました。大学時代に普通自動車の運転免許を取得していたので、原付バイクの免許も同時に取得していました。しかし教習所で少し乗り方を習った程度で、実際にバイクに乗ったことはありませんでした。慣れないバイクに乗り、早朝3時から100軒もの家に新聞を配達します。雨の日はずぶ濡れになりながら、発熱していても配達をしてから帰宅して寝るという生活でした。夕方には夕刊も配達し、夜には集金もしていたこともあります。ヘトヘトになっていましたが、わずかな休日に就職活動をし、一日一日、命をつなぐ日々を送っていたのです。

社会が求めているのは結局、「ふつうの人」だった

就職活動では、どこを受けても、履歴書にある「大学院卒」よりも「高校中退」という部分について質問されました。開口一番に高校中退の理由を尋ねられます。何かしでかしたのか？　と圧迫面接をされたこともあり、非常に腹立たしく思いました。就職難で世の中は買い手市場。どこに行っても、面接官の態度は酷く横柄《おうへい》なものでした。「高校中退」という、履歴書上の汚点とされる部分を面接官に指摘されたときは、子ども時代、過酷な家庭環境だったことを説明せざるを得ないこともありました。追い詰められるような、弱点を追及されるような圧迫感がありました。「家庭環境が悪いなかで育ってきた人より、安定したよい家庭で育った人の方が雇用側は使いやすいんだよね」とはっきり言われたこともありました。

大学・大学院では生物を専攻したものの、社会にその専門性が活かせる職場は少なく、学生時代、勉学を頑張れば自分の希望の職に就けると信じてきたわたしは、社会が求める

新卒社会人のニーズと自分の希望とのギャップに悩まされました。社会は、大学での専門性や学問的な業績より、「ふつうの人」が求められることが多かったのです。

また、精神科の閉鎖病棟に入院歴のある人間は、まずどこも採用になりません。大学時代に精神科の閉鎖病棟に入院歴のあるわたしは、その事実を隠して就職活動をするしかありませんでした。事実を隠さなければ就職活動ができないことで、いつも「嘘をついている」という罪悪感を感じていました。馬鹿正直で年相応のずるさも身に付けていない自分の世渡りの下手さも身にしみていました。

今、憲法9条ばかりが「守られていない」と政治家のあいだで紛糾しがちですが、これよりもよほど守られていないのが憲法14条です。

皆さん、憲法14条がどういう法律か知っていますか？

「すべて国民は、法の下に平等であつて、人種、信条、性別、社会的身分又は門地により、政治的、経済的又は社会的関係において、差別されない」

嘘です。大嘘です。わたしは社会から差別ばかりされてきました。それは、この原稿を書いている今も、続いています。

25歳、生活保護に頼るしかなかった

大学院を卒業してからも、さらに精神状態も悪化してしまいました。アルバイトで生活するというのはきついものです。毎月、預金などまったくできないくらいギリギリの生活を強いられました。体調が悪くて休みたくても、休めばその分、来月の給与が減ってしまう。正社員のように月給ではないし、有給休暇もないので、とにかく働かなければ最低限の生活も維持できない。今月の家賃は、電気代はきちんと払えるだろうか……、そんな心配ばかりの日々でした。

ある朝、いつものようにアルバイトへ行こうとしましたが、気分が酷く落ち込み布団から出ることもできませんでした。電話で「今日は体調不良のためお休みさせてください」とバイト先に伝えた後は、部屋に引きこもってしまいました。その後、数日経っても気分は回復しませんでした。「どうすればいいのだろう？」と苦悶《くもん》すればするほど、気分の落ち込みは激しくなり、ますますアルバイトへ行くことができなくなっていきました。

ついに、市役所の生活保護課に電話で事情を話し、生活保護の申請をすることとなりました。これまで自分ひとりの力で生きていこうと頑張ってきたわたしも、限界を超えるほ

ど疲弊していたのです。

25歳で、わたしは、生活保護となりました。

その後の半年間はほぼ寝たきりの引きこもりになりました。実はその間の記憶はほとんどなく、真っ暗なトンネルからいつ抜け出せるかわからないという状態でした。職場で働いたり、家事をしたりしている生活と違い、ひとり暮らしの引きこもりの生活は、日々の生活にほとんど変化がありません。社会福祉士が心配して様子を見に来るといったこともなく、生活保護課の担当職員でも一度も面会に来たことはなく、電話をかけてくるようなこともありませんでした。生活保護の申請が通った後は、役所からは完全に無視されていたも同然でした。

たとえ風邪を引いて熱を出して寝込んでも、誰も来ない。自殺して死んでも、数ヵ月は気がつかれないんじゃないか。完全に放置され、社会から存在に気づかれもしない。

わたしはもはや、日本社会のなか、どこにも存在しないんだ……。

生活保護は、憲法第25条により「健康で文化的な最低限度の生活を営む権利」とされています。だけど、生活保護の生活は将来の夢も抱けなければ、文化的な生活ができているとはとても言えないものでした。ただ生かされているだけと感じてしまい、精神的な安定にはほど遠かったのです。しかし、生活保護の制度がなければわたしはホームレスになるか、のたれ死んでいました。生活保護の制度には、今ではとても感謝しています。

生活保護になって半年が経った頃、精神的な落ち込みが回復してきて自分から今の状態を抜け出したいと思いました。まだ25歳。社会できちんと存在して生きていきたい！　望む仕事をし、活躍したい！　生活保護の生活というのは、命の最低保障はしてくれますが、かえって身体もこころも蝕《むしば》むものでもあると知りました。かつて同じく生活保護となっていた母も、こうして蝕まれていったのかもしれません。

頭が次第に働かなくなり、記憶力が低下し、ボーッとするようになっていたのです。体力もどんどん低下していきました。１日でも早く生活保護から抜け出さなければ、このまま一生抜け出せなくなってしまう……そんな危機感に襲われ、それがわたしを再び就職活動へと奮い立たせたのです。しかし、生活保護から抜け出すのは至難《しなん》の業《わざ》でした。抜け出したいと思っても、行政も病院も、どこも具体的な方法を教えてはくれません。再び就職活動を始めたものの、仕事探しには、履歴書や証明写真、面接地までの交通費などお金がかかります。

就職活動をするためのお金を、最低限の生活費しか支給されない生活保護費から賄うことは難しく、交通費を削るしか仕事を見つける方法がないため、近場で見つけるしかありません。

悪戦苦闘の末、非正規雇用ですが、何とかひとり暮らしができるだけの仕事が見つかり、生活保護から抜け出すことができたのです。動物園の飼育員の臨時職員でした。

決まった仕事は1年契約でしたが、臨時職員とはいえ、生き物に触れることができ、自分の専門性の活かせる仕事に就けたことは飛び上がるほど嬉しく、希望に満ち溢れていました。

動物園では「子ども動物園」に配属されました。ポニーやウサギ、ヒヨコなどの生き物に子どもたちが触れ合う場を提供する部署でした。わたしは馬の飼育をしながら、毎日、50人の子どもたちを馬に乗せ、飼育場のなかを馬の手綱《たづな》を引いて馬と子どもたちを一周させます。

「馬と仲良しになるには、名前を呼んであげて、馬の首を優しく撫でてあげるんだよ」

子どもたちは恐る恐る馬の名前を呼びながら大きな馬の首を撫でます。名前を呼ばれた馬は子どもたちの方へ耳を傾け、くるっと顔を子どもたちの方へと向けます。

「さくら！　乗ってもいーい？」と子どもたちが馬に声をかけると、優しい目で馬は「いいよ」と合図をしてくれる。子どもたちにもその馬の気持ちが伝わっているようでした。生き物と子どもたちを繋ぐ仕事は、わたしにとってとてもやり甲斐のあるものでした。動物にしか興味がなかったのに、動物園の仕事をするなかで、子どもたちが可愛い！　と思うように変化している自分にも気がつきました。

民間企業であれば、初回の給与日までは生活保護は切られず、お金は出るのが一般的です。しかしその動物園は行政の公的施設だったため、生活保護受給者の守秘義務が通用しない。生活保護を切って就職するしかなかったのです。なので、これで一件落着とはいきませんでした。就職してもすぐにお金は入りません。給料日までの期間はほとんどお金がなく、水道の水を飲んでお腹を満たし、ガリガリになるまで凌いでいました。

その後、低賃金で不安定な非正規雇用からも抜け出したいと思い、働きながら転職活動を続けました。動物園の飼育員は過酷な肉体労働でした。仕事を終えた夜は、疲れ果てて寝てしまうことも多く、ネットで検索した正社員の求人の履歴書を書く時間も体力的な余裕もありませんでした。仕事が終わり、自宅のアパートで夕飯を食べた後は、ひとまず眠り体力を回復させてから、目覚まし時計を夜中の3時に合わせて、早朝に起きて履歴書を書き、夜間に開いている本局の郵便局まで履歴書を郵送しに行く日々が続きました。

その甲斐あって1年後、ようやく市役所に正規職員で転職が叶いました。職種も博物館の専門職の学芸員です。前職に比べて安定感は比べものにならないほどでした。

しかしようやくこれで、元気に働ける……と思ったのもつかの間、原因不明の激しい気分変動は職が安定しても変わることはなく、せっかくの好条件の仕事も続けられなくなって、結局はまた失業状態に陥るのです。その後も、精神は常に不安定で、職場では対人関係が上手くいかず、怒りの感情のコントロールが難しい状態が続きました。組織に適応できない、同僚とコミュニケーションが取れないなどの理由で、20～30代前半は、職を転々としてしまいます。

その間、過去に精神科で辛い経験があるにもかかわらず、再び精神科へもかかっていました。何人もの精神科医に診てもらいましたが、精神的な不安定さや社会での生きづらさの原因は、どの精神科医も判らず、病院を変えるたびに違う病名をつけられました。

36歳になった現在、障害者枠ではなく一般枠でなんとか職に就けてフルタイムで働きましたが、病気の悪化で失業を繰り返しています。この本は、約1年前から働きながら夜や休日に執筆してきました。しかし、この春から、足りない分の生活費を生活保護から賄い、働ける日は働き、生活保護に頼りながら、最後の執筆を進めています。大学の学部の頃に借りた奨学金の約500万円は、まだ返済できる見込みはありません。

生活保護者は、病院を選べないんですよ！

わたしが生活保護から抜け出せても、母はなかなか抜け出すことができませんでした。新しい男性と結婚し、地元を遠く離れ、見ず知らずの街で生活保護を受けて暮らす母には、相談できる友人もひとりもいませんでした。この当時、わたしには母を支援する余裕などまったくありませんでした。ここでは、母から後に聞いた生活保護受給者への酷いバッシングの実態を綴《つづ》りたいと思います。

母は、50歳を過ぎるまで、精神的な波の激しさや、対人関係がいつも上手くいかないことで仕事が長く続かず、そのため貧困に陥るという悪循環を抜け出せませんでした。その原因が子ども時代の被虐待体験の後遺症（複雑性ＰＴＳＤ）にあることに気がつかずにいたのです。この病気については理解もほとんどない日本の精神科医療の実態がありますので、母が50代までその原因に気がつかなくても、仕方がないとも言えます。母もまた、たくさんの精神科にかかりましたが、どこに行っても別の病名をつけられ、原因不明のまま治療には至らず50代を迎えたのです。

生活保護は、各市町村の福祉課が担当しています。新しく結婚した男性とまた離婚することになり、地元へ戻って働きたいと希望した母は、しばらくの間、生活保護を受けるために、精神科の診断書が必要でした。そのときかかっていた精神科から紹介状を書いてもらい、のりづけされた紹介状の封筒を持って、地元の街へ引越し、新しい精神科へ紹介状を持って訪れたそうです。

そのとき、こっそり母が封を開けた紹介状の中身に書かれていた内容は、病気から生じる症状や病名ではありませんでした。母の人格・性格の異常さがものすごく酷いものだと書かれていたそうです。新しい精神科医は、紹介状を読み、その内容だけを信じて、初診から母自身にどんな症状に困っているかなどの聞き取りを行うことなく、人格・性格が悪いと酷く罵り、暴言の数々を吐き、診察現場で母を泣かせたそうです。母は、別の病院へ移りたいから紹介状を返してほしいと精神科医に懇願して訴えたそうです。しかしその精神科医は、「紹介状は返しません!」と意地悪を言い、返してもらえなかったそうです。

精神科は主治医制が非常に強く、内科や外科と異なり、主治医から新たな主治医へ紹介状がないと、新規受付をしてもらえない仕組みになっています。母は別の病院へ移りたくても移れないという、医者からの人権侵害に遭いました。

そして、生活保護という足枷《あしかせ》もありました。ケースワーカーに相談に行ったときも、暴言を吐かれたそうです。「生活保護者は、病院を選べないんですよ!」と罵られもしました。何ヵ月も粘り、行政からようやく理解を得て、病院からも紹介状を返してもらえて次の医療機関へ移れたそうですが、死ぬほど辛い目に遭って精神錯乱状態にさせられたと言っていました。しかし母は、その後、自力で生活保護から抜け出しています。

職場はお父さん天国か、それとも地獄か

20代後半にわたしは、市役所の正規職員に採用されたと前述しました。しかし、学芸員という博物館の専門職の求人で採用されたにもかかわらず、最初の配属先は総務部でした。

生物関係の自分の専門性をまったく活かせない事務職に配置されたのです。人事に配属の理由を訊いたところ、学芸員は事務職と変わらないから、オールマイティに何でもやってもらいたい、という納得のできない返答でした。

今から思えば、大学時代から生き物の研究にはまり、職業も、間口が広くないのを知りながら生き物関係にこだわりすぎたのかもしれません。実のところ、人との幸せな関係から逃げる先として、生き物を選んでいたようなところがあったのではと思います。まわりからは「好きなことを仕事にできる人なんてごく一部なんだから。わがままだよ」と何度も批判されましたが、子ども時代から家庭に恵まれていなかったんだから、職業くらいは好きなことをしたいと思い、納得できませんでした。

人事に不満を持ったわたしは、市役所に入ってからも、うつになるほど悩みます。このとき、同じ総務部の上司はナカタ課長という50代の男性でした。ナカタさんは、採用前の面接時からわたしを評価し、可愛がってくれた方でした。

読者の皆さんももうおわかりでしょう、わたしはナカタさんに愛着を起こしていました。「頑張ってるな！」と声をかけてくれたり、気にかけてくれたり、褒めてくれたからです。ただし、わたしの精神的な不安定さやうつ状態というものを理解できない人だったので、異動の相談をしてもわがままとしか受け取られず、２年目も異動はなし。期待はずれの人事配置をされました。

それまでわたしは、うつ状態であっても、感情の爆発が止まらないなどの問題行動は一切起こしていませんでした。ただ、人事配置でナカタ課長に裏切られたと感じたときは、家に帰って何日も泣き続けました。「依存できる相手」ができた後で、「その期待に裏切られる」という構図は、とても耐えられるものではないのです。完全に依存するか、それが得られなければ希望の職種が叶えられるか、そのどちらかから自己肯定感を得てこころの安心を得るしか、支えがなかったのです。

人事異動を叶えてくれなかったナカタ課長に対し、わたしは「なぜ、父親のように心配してくれなかったのか！　なぜうつで苦しんでいる自分を理解し大事にしてくれなかったのか！」という哀しみと怒りで、感情の爆発が止まらなくなっていきました。その感情は日に日にエスカレートし、自宅でひとりで起こしていたフラッシュバックや気分の激しい変動を、とうとう、職場でも起こすようになっていきました。もう部署も異なるのに、衝動的にナカタさん（その頃にはもう部長に昇進していました）の席を訪れては、仕事中にもかかわらず感情を爆発させてしまうのです。

ナカタさんは最初は怒った態度で「わがまま過ぎる！」と怒鳴ることもありました。しかしわたしの様子があまりにもおかしいと気づいてからは、次第に心配する態度へと変わり、相談に乗ってくれるようになったのです。

　ときには仕事が終わってから、喫茶店で親身に相談に乗ってくれることもありました。うつが酷かった1年目には、仕事をさぼっていたわけではなく、病気ゆえに集中できなかったということも理解してくれ、知り合いの医者の名刺まで渡してくれたほどです。そこまでしてもらったのに、まだ毎日のようにナカタさんに会いに行く衝動や感情の爆発は止まりませんでした。同僚が見ている前でも止まらないほどになりました。それでも根気よく相談に乗ってくれたのに、逆にそのせいでわたしの爆発は止まりませんでした。愛着感情がますます、膨《ふく》らんでいったのです。

　しかし、「お父さんみたいになって！　わたしのお父さんでいて！」とまでは言えませんでした。だからこそ、口に出る言葉は、過去のわたしに対する裏切りへの抗議めいたものだけです。酷いときは、誹謗中傷《ひぼうちゅうしょう》のような言葉さえもわたしの口から飛び出ていきました。職場の床にひっくり返って、２歳児が大暴れするようなこともしてしまったことがあります。

　ナカタさんは大暴れしているわたしを見つめながら呆然と立ちすくみ、どうしていいのか解らないという表情で固まっていました。

　わたしのなかには、爆発が止まらない幼児の自分と、同時にそれを冷静に見ているけれど止めることのできない大人の自分がいて、いつも奇妙な感覚に囚《とら》われていました。

　わざとやっていると思うでしょう？

パフォーマンスが過ぎると、顔をしかめている人もいるかもしれません。けれど、決してわざと爆発を起こしているのではないのです。どうしても爆発行動を止められない……戸惑いながらも、「内なる子ども（インナーチャイルド）」の自分が甘えたがっているという欲求の方が、大人の常識的な自分より遥かに勝ってしまうのです。

次第に、ナカタさんだけでは「内なる子ども」の要求は満ち足りなくなりました。なんでナカタさんなのだろうと自問自答しても、その明確な理由は自分のなかで出てきませんでした。このあたりが、いわゆる恋愛感情とは違うところかもしれません。

気づけば、市役所の年配上司たちを、片っ端から「お父さん」にしてしまっていました。最初は自分のそんな行動にも気がつかずにいました。自覚ができるようになったのは、職場内で複数のお父さんに会いに行く行動が常態化してからです。代わる代わる〝お父さん〟に会いに行っては、歓迎されずに癇癪《かんしゃく》を起こす日々。

たとえば、人事部の上司のお父さんであれば「今日、異動させてほしいんです！」などと絶対に無理な要求をする。自分でも無理だとわかっているのに、「試し行動」への衝動が止まらなくなっていきました。教育部長が「今日は忙しい、君にかまっている暇はない！」と言えば、じゃあ今日は総務部長に会いに行こうか、という具合に。こうした異常な行動は日を追うごとにエスカレートしていったのでした。

この人は、わたしがどこまで無茶を言っても許してくれるのか？目的は、それを確かめることだけなのです。もちろん相手は困ります。わざとできない相談をしているのですから。それなのに「できない」と言われると、愛情が足りない！と叫ぶのです。相手も仕事になりませんよね。わかっています。頭ではわかっているのです。だけど止められないのです。

ついに上司たちが全員お手上げ状態になり、あからさまに怒られたり避けられたりするようになっていきました。迷惑がられていることに気がついていても、「内なる子ども」は、そんなことを言ったって、きっと許してくれている。だって、お父さんだから！というおめでたい認識をしてしまうのです。これは「お父さんから見捨てられた可哀想なわたし」という子ども時代の再演でもありました。「試し行動」の次は、「お父さんに捨てられる可哀想な子」というシチュエーションを作り出し、ある意味フラッシュバックというマゾヒズムに浸って悦に入る自分がいたように思います。

こうしたフラッシュバックが止まらないため、精神科にも再度かかりました。このときは、自分から病院の扉を叩いたのです。

もう大人なのに……と言う医者

主治医は児童虐待を専門にしている児童精神科医でしたが、病気は理解されず、病名はつけられませんでした。診察では、「もう大人なのに、いったい何に困っているの？」と聞かれました。子ども時代の虐待体験や、今、市役所で困っている症状を丁寧に伝えても、もう大人になっているわたしがいったい何に困っているのか？　と訊いてくるのです。前回の診察で話したことと同じことを説明せねばならず、わたしの状況を理解してくれるとは思えませんでした。

「先生、わたしの病名は何ですか？」と訊いてみても、苦い顔をして「判らない」と言います。役所から提出を求められている診断書を書いてもらったときも、病名の欄は空欄。一行だけ、これまで生きてきたなかで背負ってきたストレス、と記載されただけで、病名も子ども時代の虐待体験も記載のない、ガッカリするような診断書を渡されたこともあります。

後に出会うことになるトラウマや虐待専門の精神科医は、このときの児童精神科医に疑問があると言っていました。児童虐待などの患者を、子どもも大人も多く診ている『赤ずきんとオオカミのトラウマ・ケア』の著者であり精神科医である白川美也子《しらかわみやこ》さん（こころとからだ 光の花クリニック 院長）に、大人の虐待被害者が治療者に理解されないことを相談したとき、それは今の精神科のなかで珍しいことではなく、特に大人の虐待被害者の後遺症の理解と治療はとても遅れている現実を指摘されました。

また、児童精神科医というのは、子どもしか診ていないため、大人の症状を知らないことが多く、無理解から患者を傷つける言葉を言ってしまうなどの二次被害もよく起きていると言われました。そして、わたしが愛着障害から、市役所でどんな行動を取ってきたかも言い当てられました。

わたしに起こっていたのは、わたしだけの個別の事象ではなく、それほど、大人の虐待被害者の症状は特徴的だというのです。しかしながら、特徴的なのに精神科の理解が遅れているのだと……。

そして、またもや入院することになったときに、自分の直属の部長と人事の総務部長の二人の部長に呼び出され、「これ以上は難しい。庇いきれない」と言われたのです。辞表を出したとき、病気だと理解してくれていた上司のなかには「何もしてやれなくて、すまなかった」とわたしの退職に対して謝罪までしてくれた方もいました。

その後も、お父さんに会いたいという衝動が抑えられないわたしは、0歳で生き別れた実の父親を探し、地元の人づてに連絡を取ってもらったこともありました。しかしわたしからの「会いたい」というメッセージにいつまで経っても返事はなく、結局、実の父との再会は叶っていません。

今も実の父親に会いたいかというと、それほどの思いはありません。赤子のわたしのミルク代まで博打に使い、大人になって会いたいと娘から連絡しても返事ひとつくれないような父。そんな人に会ってどうなるのか？　それよりも、わたしを大切に想ってくれる友人たちを大切にした方が断然いい。人の愛情とは親子のような血の繋がりではないと思うようになったのです。

他人であっても、たくさんの人からちょっとずつ愛情をもらえば、それは親の愛情に匹敵する。他人からの小さな愛情を感謝できる自分に変わってきたのだと思います。また、年齢とともに、あれだけ暴走していた愛着障害も治まってきていました。

異常者だから近づくな……村八分になる

市役所で問題行動を起こして退職した頃には、もうその北海道の田舎町のどこにも居場所がありませんでした。

役所でのわたしの暴走ぶりは町中の噂となり、外を堂々と歩くこともできないくらい、悪名高い有名人になっていたのです。街の人口は約３万人。狭い人間関係の田舎で噂はあっという間に広がっていきました。本屋さんに入っても、文具店に入っても、そのお店と市役所に取引があれば、すでに噂は広がっていました。町中のほとんどの人が役所職員とどこかで繋がっているような狭い人間関係のなかで、噂を食い止めることなどできませんでした。しかし、わたしの症状が、子ども時代の虐待から来ているということは当然誰も知りませんから、ただの〝異常者〟として扱われ、危険だとか、関わらない方がいいと背中で囁く声がします。街で唯一のレンタルショップにＤＶＤを注文する電話をかけても、会ったこともない店員から「ああ、あの羽馬か！」と電話ごしにキツイ言い方をされることもありました。

この頃、町の精神科へ通院したり、何度かの短い入院を繰り返したりしています。しかし病院のスタッフからも異常者扱いされ、口の軽い医療スタッフによって、わたしの病院内での異常行動を街中に言いふらされるといったこともありました。理解のある医療スタッフも少なからずいました。だけどわたしを庇えば、病院組織のなかで自分が疎外される。患者を庇いたくても、こっそり他のスタッフに見つからない場所で優しくしてくれるくらいしかできないのでした。

それでも、前に進みたい

それでも前向きにやり直そうと思い、自分の動物の知識を活かして街の書店のスペースを借りてイベントをしようとしても、「おまえなんかに貸せるもんか！」と言われ断られたこともありました。自分が招いた結果だとはいえ、言われるたびに泣きました。

リストカットすれば、誰か助けてくれるだろうか？ と思い、ホームセンターでカッターを買ってきて、左腕を何度も何度も切りました。本当に死にたかったわけではないのです。自分が長く不幸を背負って生きてきたことを、誰かに気づいてほしかったのです。助けてくれなくてもいい、せめて、わたしの魂の傷に、背負ってきた重い不幸に、気づいてほしかった……。腕から赤黒い血がぶわっと溢れ出てきて、ポタポタと床に血が落ちました。腕から溢れ出る温かい血を見ることで、気持ちが落ち着くような不思議な自分がいました。

死にたいわたしに生き生きと血は流れている。
死にたいのは本当にわたしの意思なのだろうか？

出血が止まらなかったときは、自分で救急車を呼び、夜間、救急外来で手当てを受けたこともあります。このわたしの身体から溢れる血を止めてあげられるのは、わたししかいない。

ほどなくして、村八分となったその町を出ました。もう少し大きな、新しい街で職を見つけ、ひとりで暮らすようになりました。出会う人、一人ひとりを、大切にしていくようこころがけました。でも、出会った人は親切にしなくてはいけないという感情はときには、強迫観念のようになり、他人に尽くしすぎて疲れ切ってしまい、倒れてしまうことも何度もありました。

この症状は、先に紹介した白川美也子先生の『赤ずきんとオオカミのトラウマ・ケア』という本で、「サバイバーミッション」という症状だと知りました。トラウマから生き延びた人が、トラウマを抱えた他の人を助けることを使命だと思い込んでしまうことがよく起きるそうです。本を読んで自分はサバイバーミッションに陥っているのだと気がついてからは、他人に尽くしすぎないこと、まずは自分を大切にすることを意識するなかで、コントロールができるようになりました。

自分の野生動物の知識を活かし、異業種交流会に参加したことをきっかけに、一気に新しい友人ができました。わたしの動物のイベントは大好評で、話も面白いと言ってもらえました。どこかおっちょこちょいのわたしのキャラクターをみんな気に入ってくれて、すぐに仲間に入れたのです。新しく出会った友人たちは、次第に明るく寄って来てくれるようになりました。

人間関係とは、鏡のようなものだということを、このとき知りました。自分がポジティブに変われば、人も変わってくれる。笑顔で話しかければ、笑顔でわたしに返してくれる。自分が明るければ、明るい友人が集まってきてくれる。

おそらく、幼児期に学習するであろう、この人間関係の基本の基を、わたしは、30歳で知ったのです。新しい友人のなかには市役所時代のような年配の男性もいました。だけど、愛着を起こしたら、また同じ不幸な結果になると痛いほど学んでいたわたしは、その年代の男性とは、意識的に距離を置くようになっていました。

ある日のこと、札幌の大型書店で、あの大学時代のカトウ先輩の名前を見かけました。彼は、生物学の専門書を出版していたのです。

二十歳のあの日、カトウ先輩に頭を優しく撫でられなければ、ここまで暴走した20代を送ることはなかっただろうか。あの日、あのときに戻れたら……。いや、きっとどこかでわたしの根源的な寂しさは、爆発を起こしていただろう。そんな複雑な気持ちで、その本の表紙をいつまでも、いつまでも、いつまでも眺《なが》めていました。

第5章
母の物語から見える虐待の連鎖

「おまえの方がマシ」と言う母のトラウマ

この章で書くのは、わたしを虐待・ネグレクトした実の母親の物語です。母から聞いた話であり、すべてを把握しているわけではありませんが、母があれだけ酷いことをわたしにしていたのには、はっきりとした原因がありました。

母親もまた、暴力の耐えない家庭で育った人でした。その頃は、ＤＶ（ドメスティックバイオレンス。配偶者暴力のこと）という言葉もまだ存在していませんでした。

母がわたしを生んだのは１９８３年（昭和58年）。その頃は、母方の祖父母は安定した平和な家庭を築いていたといいます。

祖父は昭和７年生まれ、祖母は昭和13年生まれで、どちらも兵庫県の同じ田舎で育った者同士のお見合い結婚だったようです。お見合いで結婚することが当たり前の時代でした。祖母の父は、赤穂の塩田《えんでん》で肉体労働をして働き、祖父の父も農家の暮らしで、どちらも貧しい家庭で育ったようです。

前述しましたが、わたしは幼少期に、祖母からも祖父からも大変可愛がられた記憶があります。しかし、祖父は子ども時代、食べるものにも困るくらいの貧困家庭で育ったこともあって、お金に関しては、とてもシビアだったそうです。また、母が子ども時代に父親に欲しいものをお願いしても、すべてと言っていいほど拒絶されてきた体験があり、わたしが生まれてからも、経済的な援助を求めることはできなかったと母は振り返っています。

さらに、わたしが生まれるずっと前——若い頃の祖父が祖母に酷い暴力を繰り返していたところを、母はずっと見て育ちました。頭の皮ごと引きちぎられるほど、祖母の髪を引っ張ったこともあったそうです。顔中を血だらけにされて悲鳴をあげる祖母の姿も記憶しているといいます。当時、居間や床の間に日本刀を飾っている家は少なくなかったようですが、ある日、祖父はその日本刀で祖母に切りかかったこともあったとか。つまり、わたしの母は、子ども時代に両親のDV現場を目撃しながら育った人なのです。祖父はもちろん、実の娘である母にも手を上げることがありました。

そうした過去の恐ろしい経験を思い出すたび、母は沸き上がる憎しみに涙を見せながら、「聞きたくない！」と叫ぶ幼いわたしに無理矢理にでも話を聞かせることがたびたびありました。

また、祖父は若い頃、祖母以外に愛人を作り、9年もの間、家に帰らなかったとも聞いています。しかし、祖母から母への虐待はなく、いつも優しい存在だったと母は言います。でも、祖父から母への虐待を止めることはできなかった。祖父には絶対に逆らえなかったのです。優しくて、弱い存在だった祖母の姿をずっと見てきたからか、母は、父親との思い出は憎しみで一杯だったようですが、母親に対しては、憎悪を抱いたことはなかったようです。最初から、助けを求めるのを諦めていたのかもしれません。

虐待という名の、負の連鎖が我が家に続いていることに気づき始めたのは、母が自分の子ども時代の家庭の悲惨さと、わたしを比較して、「おまえの方がマシだ」とわめき出した頃です。わたしが中学生くらいのときです。母は、自分が虐待された過去に加え、虐待で子どもが命を落とす事件が報道されるたびに、「ほら、ちえ、ニュースを見てみろ！　親に殺されている子もいる！　おまえは殺されないだけマシやと思え！」と、そうした悲惨なニュースを、自己肯定のために持ち出すのでした。もちろん、そんなめちゃくちゃな母の論理に納得していたわけではありません。しかし、あまりの理不尽な母の暴言に言い返すことはできませんでした。

支援のなかった時代はそう昔ではない

今の法律では、親のＤＶの目撃も子どもの虐待に入りましたが、当時は、ＤＶ防止法（正式には、「配偶者からの暴力の防止及び被害者の保護等に関する法律」。平成13年に国際的な流れを受けて超党派による女性議員によって議員立法で成立。その後、平成16年、平成19年、平成25年に改正が行われている）もなければ、女性シェルターもない時代です。

このため、母のような酷い家庭で育つ子どもの支援にも、学校も児童相談所も一切、介入などしていない時代でした。DVを受けていた祖母が行政に相談に行ったとしても、ただの家庭の問題として処理されてしまいます。警察に駆け込んでもまともに対応などしてくれません。全国どこにも家庭の問題への支援のない時代だったのです。家庭内の問題を家の外に出してはいけないという〝恥の文化〟も、今よりも色濃くあったでしょう。

母が吐露《とろ》する言葉を聞くうちに、なぜ彼女が、わたしや妹を犠牲にしてまで男性に依存していき、離婚と再婚を繰り返すのか、ときに、激しい暴力まで振るうのかが、少しずつわかるようになっていきました。

そうです、原因は、母の父親（わたしの祖父）にあったのです。母は、わたしが自分の家庭に不満を持ち母と喧嘩するたびによく言っていました。父（わたしの祖父）が憎い、と。父に愛されなかった、と。そして、「おまえは、わたしよりマシな家庭に育っているのだ」と、言葉を繋げます。

母はこんな思い出も語っていました。小学生時代、親戚が一堂に集まった正月に、二階で9歳年下の弟の面倒を見るように父（わたしの祖父）に言われますが、夢中になって遊んでいるうちに、弟が階段から転がり落ちてしまったそうです。幸い、弟に怪我はありませんでした。

しかし母はそのとき、平手で激しく顔を叩かれ、大変ショックだったといいます。母の母（わたしの祖母）は、遠慮がちな声で、「子どもが子どもを面倒見てるんだから、仕方がないことなのに」とささやかに庇ってくれたそうです。一方、弟は可愛がられて育ち、厳しく叩かれることもなかった。父はわたしだけに冷たかったのだ、と母は言います。景気がいい時代には、父は頻繁に旅行に行っていたそうです。もちろん、家族を置いてです。そして、弟には大量にお土産を買って与えるのに、隣でワクワクしながら待っていた自分にはひとつもなかったのだ、悲しくて泣いたのだと語ります。そのときも、「どうしてお姉ちゃんの分は買って来ないの？」とお母さん（祖母）は小さな抗議をして、優しく慰めてくれた。母には愛されていたが、父には愛されていないのだと、このときはっきりと悟ったそうです。

そういう悲しい昔話を語って聞かせる母に、10代の頃のわたしはこころのなかでこう叫んでいました。

「父親からの愛情をお母さんが諦めさえすれば、離婚再婚を繰り返すことないのに。豊かでなくても、親子３人で、平凡に幸せに暮らせるのに！」

母は、悲惨な家庭環境で育ったために、理想の男性や理想の家庭を追い求めては、離婚再婚を繰り返しました。そして男に裏切られるたびに、理想と現実との溝は大きくなるばかりで、青い鳥症候群にとりつかれたまま年を重ねたのだと思います。子どものわたしから見ても、とても不憫《ふびん》でした。お願いだから、もう父親探しをやめてくれ！　悲しい気持ちで、声にならない叫びを母の疲れた背中にぶつけていたのです。

だけど……。読者の皆さんはもう、気がついたことでしょう。

大人になって、職場の年配の男性に父親だと錯覚を起こしてしまい、トラブルばかり起こすようになったわたしは、母親とそっくりな女性になってしまったと。母にそっくりな自分に気がついたのは、市役所時代です。たくさんの部長たちを父親にしてしまい、結果的に人間関係を壊してしまい、彼らから見捨てられてしまったとき、孤独で絶望感に浸りながら、自分の行動パターンに母の姿を見たのです。

母に似ていく自分が悲しかった

またやってしまった。自分は、母とそっくりなことをしていたのだ……。

あれだけ母を否定していたわたしが、母と同じになっていく。深い悲しみとやりきれなさで目の前が真っ暗になっていきます。母と同じだと気がついたのなら、なぜ失敗を繰り返したのか？　とわたしを責める読者もいるかもしれません。しかし、「お父さん病」に浸っている渦中のわたしは冷静ではないわけです。その人との関係が壊れてしまって絶望した後になって、自分がおかしくなっていたことに気づくのです。

母と同じ。母とそっくり。

母のような大人になりたくなくて、しっかり学び、しっかりした大人になろうと思って歯を食いしばって生きてきたのに……なんという血、なんという皮肉。蛙の子は蛙ということか。

小学生の頃、学校の先生から、こんなことを言われた記憶があります。母と面影《おもかげ》が似ている部分があったのか、ある日その先生はわたしの母の名前を不意に言い当てたのです。昔、あなたのお母さんを担任していたんだよと、とても嬉しそうに笑ってくれました。

「あなたのお母さんは、優しい子でね、勉強もできて、とても優秀だったよ。お母さんによろしく伝えてね」

過去を懐かしんで微笑む先生を前にして、わたしは泣きそうになりました。

何十年も経っているのに先生がしっかりと覚えているほど、母はまともな子どもだった事実を前にして泣けてきたのです。その頃の母に会いたかった。会って、抱きしめてあげたかった。優しくてお利口だった少女が大人になり、壮絶で生きづらい人生になってしまった。そこに、周囲や社会からの理解も支援もなかった。

わたしの子ども時代、母に「大人の支援」があったら、母もわたしも妹も、救われていたと思うのです。虐待を受けている子どもだけを救う社会ではなく、どうか、虐待を生き抜いてきた大人たちにも、理解と優しさを向ける社会であってほしいと願います。

こういうことを書くと、なぜあなたを虐待した母親に対して、そんなふうに思えるの？と疑問をぶつけてくる人が必ずいます。もちろん、過去を忘れたわけではありません。暗い時代を振り返れば、憎しみや嫌悪感も当然湧いてきます。

しかし、母をひとりの人間として見たならば、母も被害者であり、可哀想な人だと涙が出るのです。客観的に、自分の人生と母の人生を並べてみれば、虐待を受けていた子ども時代より、支援なき大人になってからの時代の方が遥かに辛いこともわかるのです。

これは、今もなんらかの事情があって親と同居している虐待サバイバーの人には、理解しづらい視点かと思います。わたしの場合は、母と距離を置き、さまざまな経験を経たことで、そう思えるようになったのです。暴力を振るい、暴言を吐き、ネグレクトする親だけでなく、大人になっても子どもを家から出さず、暗に支配下に置いているような親子関係もあります。虐待サバイバーの姿は本当に多様なのです。

子どもを虐待してしまう親にも子どもだった時代があり、求めても求めても愛情をもらえず、食事すら満足に与えてもらえなかった経験がある……全員ではないにしても、虐待の連鎖が起きていることは少なくないとわたしは思っています。我が家の負の連鎖の源となった祖父もまた、子ども時代は、非常に貧困家庭で育ったそうです。しかし、わたしが15歳のときにこの世を去った祖父の生育歴については詳しくはわかりません。祖父は65歳で、がんで亡くなりました。晩年、貧困から抜け出せたことや浮気をやめたこともあって、祖父と祖母の関係は落ち着いていました。葬儀も滞りなく行われました。しかし喪服を着た母は、涙一滴流すことはありませんでした。出棺時、母は冷たく言い放ちました。

「ちっとも悲しくない!」

「赤ちゃん日記」をつけていた

わたしが生まれた昭和58年2月から母が書き始めた「赤ちゃん日記」を今も持っています。本書の巻頭に載せた写真がそれです。冒頭にはこのような文章が書かれています。

千恵ちゃんへ

私のお母さん、つまり千恵のおばあちゃんがこの日記をプレゼントしてくれました。
おばあちゃんも、わたしが赤ん坊の時日記をつけてくれていたので
私もまねをしてつけてみることにしました。

そしたら、より千恵のことをよくかんさつできるし、お父さんやお母さんが千恵にどんなふうに接してきたかがわかると思うの。

勉強がよくできなくってもいいの。
あなたが大きくなっていくうえで、人の気持ちをくんでやれること。
思いやりをもてること。
やさしく　たくましく育ってくれることを心から望んでいます。
真っ黒になって走りまわっていらっしゃい。どろんこになって遊んでいらっしゃい。
動物たちとあそんでいらっしゃい。

草や花もみんな生きているの。生命の大切さを知ってください。

あなたが生まれた時の世の中は、平気で人を殺したり、乱暴をしたり、校内暴力、家庭内暴力をする子供たち、一家心中をしたり…そんな暗い世の中でした。

どうか千恵、あなたの未来が明るくて平和な世の中でありますように。

自然や大地をあなたにのこせるように、お父さんやお母さんはしっかりしなければなりません。

千恵、あなたが大きくなって結婚をして子供をうんだりしたら、この日記をよんで下さい。お父さんもお母さんも、まちがえたり失敗したりしながら、あなたをしっかり見まもっていきましょう。

世界一かわいい私達の千恵ちゃんへ

昭和58年　母から

わたしに起きたある〝変化〟

この本を書くなかで、わたしは自分の幼少期から現在に至るまでの過去を追体験してきました。そして今、ある変化が起きています。これは思ってもみないことでした。

原稿を書く決意をするまで、母からのSNSもブロックしてきたのですが、今、母との連絡手段を自分から復活させ、普通に日常的な会話ができるようになっているのです。成人してからこれまでは、事務的な用件でしかたなく母と電話をするだけで、冷静さを失い、過去の虐待された記憶がフラッシュバックしてきました。恨みや辛い感情がこみ上げてくるたびに発狂していたのです。

普通の会話をしているうちに、やがてわたしは一方的に母を罵り、「もうかけてくるな！　おまえのせいで悲惨な人生になったんだ！　早く死んでしまえ！」とわめき、電話を切ったことも、数えきれないほどあります。そんな自分に嫌悪感でいっぱいでした。

しかし、この物語を書くことで、（母を赦《ゆる》せたというよりも）過去の母との出来事がわたしのなかで整理でき、図らずもトラウマの処理をすることができたのだと思います。

実は、母にもここまでの物語を読んでもらいました。恨みの内容ではないにしろ、母の虐待について書くには、本人に了解を取らなければ可哀想だと思ったからです。わたしから母に電話し、原稿もメールで送り読んでもらいました。

「ごめんなさい……とても後悔しているの」

泣きながら母に謝罪されました。これまでも謝罪の言葉はありましたが、今回ほど、こころのこもったものはなく、わたし自身も謝罪を母の本心からだと受け入れられたのも初めてでした。

「謝らなくていいよ。お母さんを責めるために書いたわけではないから」

冷静に返事をし、泣いている母をなだめる自分に驚きました。


その数日後、母はたくさんの食料をダンボールに入れて、北海道まで送ってくれました。懐かしい、故郷の味を思い出させる地元の赤穂のみかんや、瀬戸内海でしか獲れない海産物が入っていました。こうした贈り物は、今回が初めてでした。

わたしは、御礼の電話をかけました。そして母に、「北海道へ遊びにおいで」と言いました。「行ってもいいの……？」と遠慮がちな、か細い声が聞こえました。

「春や夏の美しい景色が見られる北海道らしい時期においで」

親がどんな人間であれ、自分という人間の人生には関係のないことだ、と思うように成長している自分がいました。親が子ども時代に虐待したからといって、いつまでもわたしが苦しむ必要はないし、わたしの人生はわたしのものであって、親のものでもなんでもない。当たり前ですが、自分は親とは独立した個別の人間だということです。いつしかそんな考え方をしていたわたしは、何十年か越しに母からの謝罪があっても、もう、こころが揺れることはありませんでした。

親に謝罪や親らしさなど、今さら、もう求めていないのです。虐待から立ち直るということは、親子という上下の関係ではなく、他人と近いようなフラットな関係になることかもしれません。親に親らしくしてほしいとか、謝ってほしいとか、「してほしい」と求める子どもの視点から、親もひとりの人間だと客観視できたとき、「毒親」は自然と自分のなかから消えていくのです。

母との電話やＬＩＮＥは、今、友達のような感覚でできるようになりました。

おばあちゃんに暴力をふるうだけでなく、私自身が千恵と同じ体験があり
9歳年下の弟が生まれてからは
両親の愛情は全て弟に注がれ、お母さんだけを疎外することが
今思い返してもフラッシュバッグして苦しい時があります。
弟にだけ沢山のオモチャを買い与えるが姉のお母さんには学校で必要な文具さえ渋って買ってもらえないのが日常。
弟が階段から転落し怪我した時、お姉ちゃんがちゃんと見てなかったからだと親戚一同の前で罵倒され殴られることがあったり。それは叱られることより弟が自分のせいで死んだらという恐怖感で体も心も固まってしまうというようなあの時の悲しみの感情は今だに強く残っています
常に家では緊張していました。父親の前では
良い子でいなければ愛されないと思い、親に愛されたいという本当の自分の感情や、
こうしたいとか、自分の想いはわがままにしか取られないので
ずっと心押し込めて
わがまま言わない良い子を演じるのがせいいっぱいの子供時代でした。

午後 7:49

お母さんの弟と差別が酷かったことは何回も聞いてた。
おじいちゃんが、外に女を作って９年、家に帰ってこなかったとも聞いたけど、他にも何か子供時代、家庭であったん？

既読
午後 7:52

うん、高校進学の時期に、お母さん成績優秀やったから当時なら偏差値の高い地元の進学高を受けようと思ってたんや。でも、父親は
お前は女やから勉強しないで良い、女中奉公に行け！と言うんや。
目の前が真っ暗になったんや。私がいくら成績良くしてわがまま言わない良い子でいようと頑張っても
どんなに愛されようと頑張っても
この親たちには
私のそんな頑張りなど
何の値打ちも
無いんだ…と思い知らされ
深く傷ついたんよ。担任が、この子は優秀な子やから高校だけは行かせてやってほしいと父親に談判してくれ
高校に良い成績で進学したんよ。でもお母さんは勉強しても無駄なんだという虚しい気持ちになり病んでしまった高校生活でした。つまり愛人にはお金を使えるのに、娘は進学させず女中奉公にやらすという考えが悲しかった。本当に貧しかったなら女中奉公に行っても働きながら高校に行ってもかまわなかった。高校時代に愛人問題でおばあちゃんが自殺未遂した時
お母さんは、母親のおばあちゃんにも捨てられたと感じ
もうどこにも
お母さんを愛してくれる人などいないし
居場所なんてないと思っていました。
とても孤独で
悪い仲間でもいい
自分がいる場所があるならと
非行に走ったのは
高校を出てからでした

午後 8:22

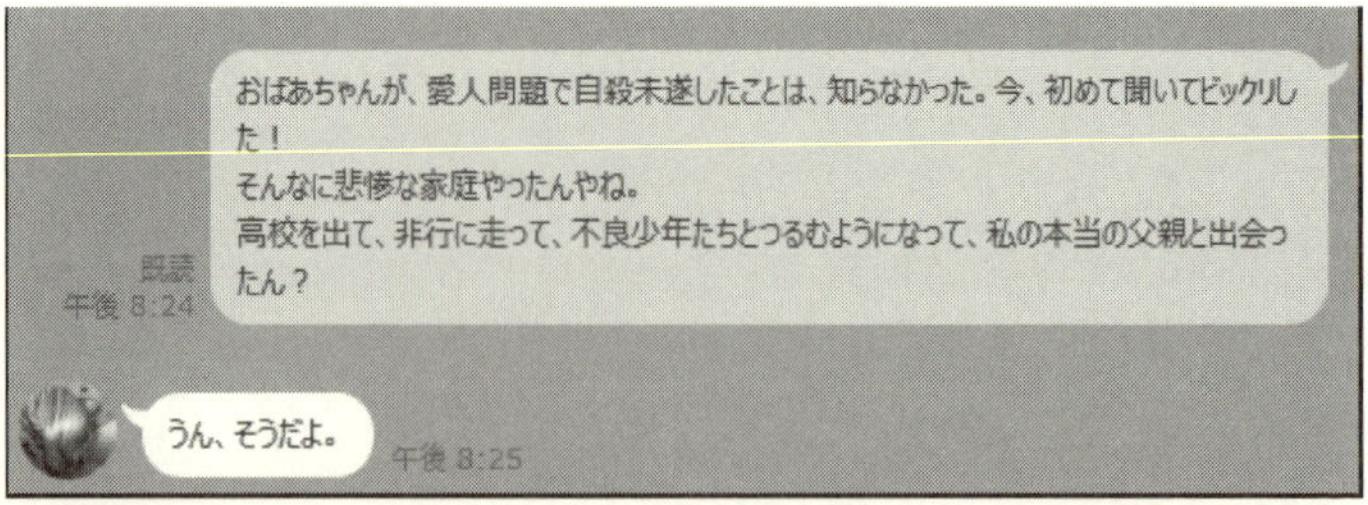
おばあちゃんが、愛人問題で自殺未遂したことは、知らなかった。今、初めて聞いてビックリした！
そんなに悲惨な家庭やったんやね。
高校を出て、非行に走って、不良少年たちとつるむようになって、私の本当の父親と出会ったん？
既読
午後 8:24
うん、そうだよ。
午後 8:25

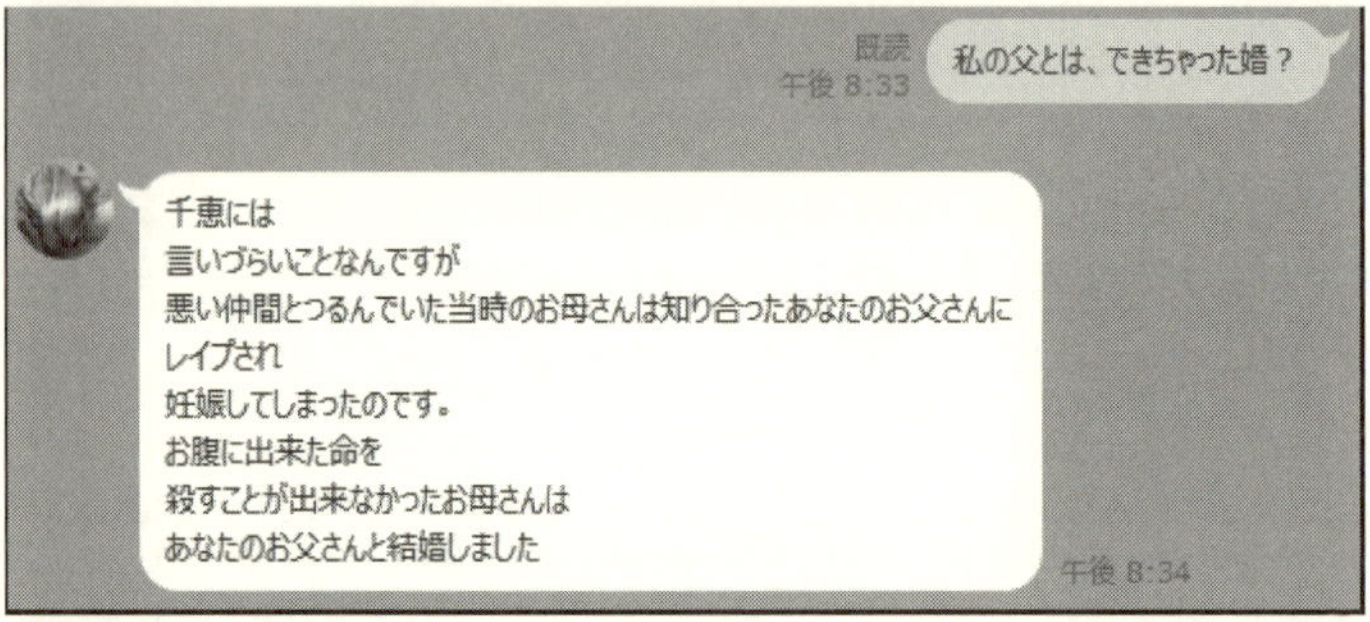
既読
午後 8:33
私の父とは、できちゃった婚？
千恵には
言いづらいことなんですが
悪い仲間とつるんでいた当時のお母さんは知り合ったあなたのお父さんに
レイプされ
妊娠してしまったのです。
お腹に出来た命を
殺すことが出来なかったお母さんは
あなたのお父さんと結婚しました
午後 8:34

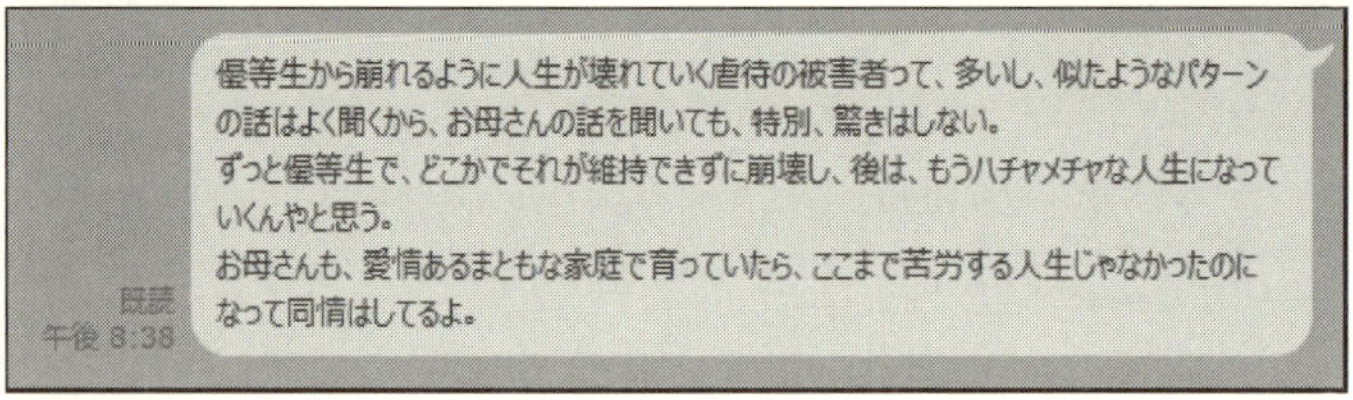
優等生から崩れるように人生が壊れていく虐待の被害者って、多いし、似たようなパターンの話はよく聞くから、お母さんの話を聞いても、特別、驚きはしない。

ずっと優等生で、どこかでそれが維持できずに崩壊し、後は、もうハチャメチャな人生になっていくんやと思う。

お母さんも、愛情あるまともな家庭で育っていたら、ここまで苦労する人生じゃなかったのになって同情はしてるよ。

既読
午後 8:38

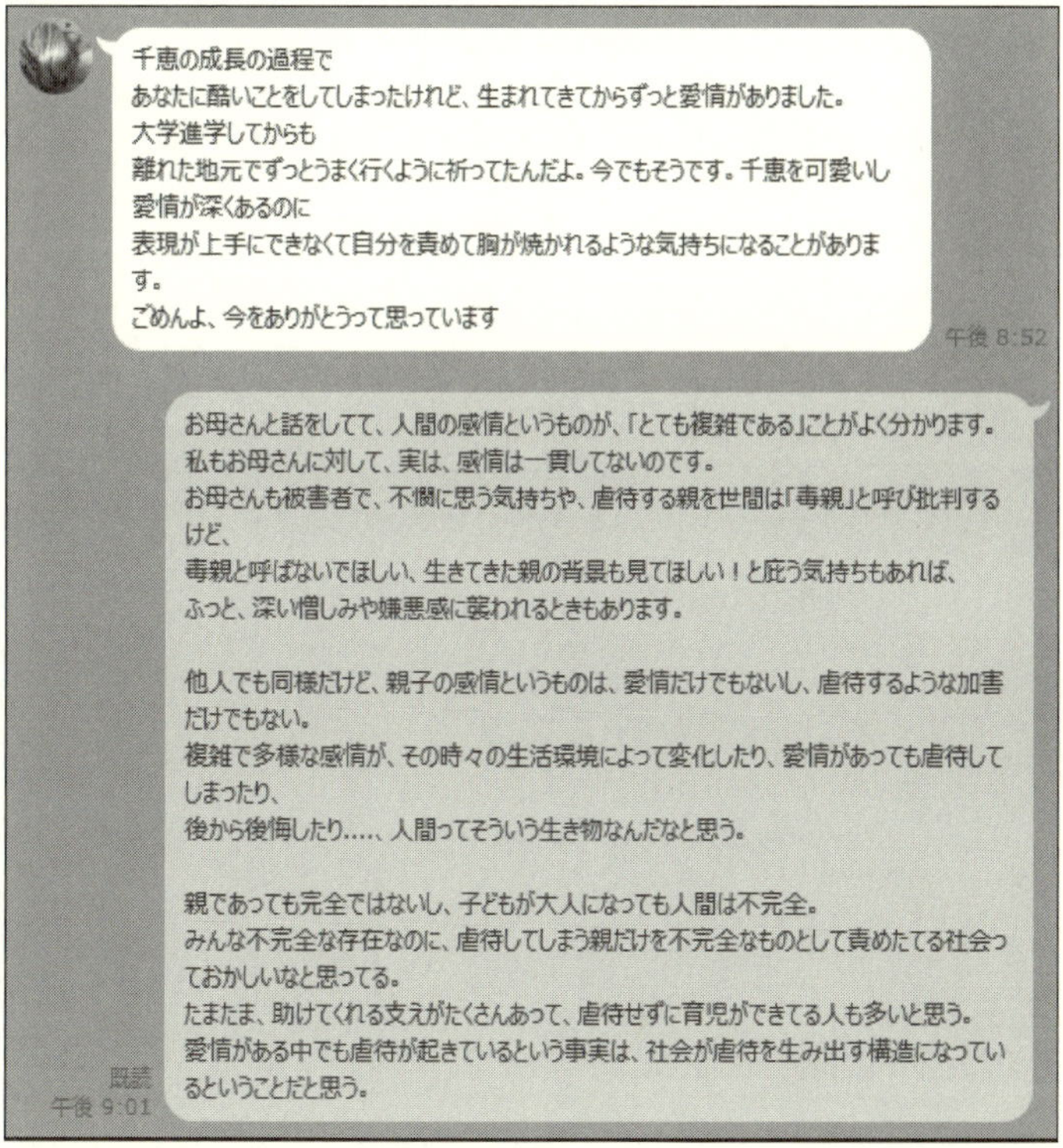

千恵の成長の過程で
あなたに酷いことをしてしまったけれど、生まれてきてからずっと愛情がありました。
大学進学してからも
離れた地元でずっとうまく行くように祈ってたんだよ。今でもそうです。千恵を可愛いし
愛情が深くあるのに
表現が上手にできなくて自分を責めて胸が焼かれるような気持ちになることがあります。
ごめんよ、今をありがとうって思っています

午後 8:52

お母さんと話をしてて、人間の感情というものが、「とても複雑である」ことがよく分かります。
私もお母さんに対して、実は、感情は一貫してないのです。
お母さんも被害者で、不憫に思う気持ちや、虐待する親を世間は「毒親」と呼び批判するけど、
毒親と呼ばないでほしい、生きてきた親の背景も見てほしい！と庇う気持ちもあれば、
ふっと、深い憎しみや嫌悪感に襲われるときもあります。

他人でも同様だけど、親子の感情というものは、愛情だけでもないし、虐待するような加害だけでもない。
複雑で多様な感情が、その時々の生活環境によって変化したり、愛情があっても虐待してしまったり、
後から後悔したり……、人間ってそういう生き物なんだなと思う。

親であっても完全ではないし、子どもが大人になっても人間は不完全。
みんな不完全な存在なのに、虐待してしまう親だけを不完全なものとして責めたてる社会っておかしいなと思ってる。
たまたま、助けてくれる支えがたくさんあって、虐待せずに育児ができてる人も多いと思う。
愛情がある中でも虐待が起きているという事実は、社会が虐待を生み出す構造になっているということだと思う。

既読
午後 9:01

第6章

解離——虐待がもたらした大きな爪痕

虐待サバイバーの「病の来歴」

最後の章では、わたしが今まで当事者として感じてきたこと、また、多くの虐待サバイバーと接してきた経験、専門書籍や資料を読み学んで得たことを書いてみます。エビデンスのない独自の見解も入っています。ご了承ください。

大人の虐待の後遺症は、長期にわたる慢性的なトラウマを抱えた「複雑性ＰＴＳＤ」だといわれていますが、複雑だけど実は非常に特徴的な症状があると感じています。複雑性ＰＴＳＤは、愛着障害、摂食障害、多動、感情（特に怒り）のコントロール不能、極度の不安障害、躁うつ、対人関係がうまくやれないなど、多岐にわたる症状が挙げられますが、要するに、〈多様な調整障害〉とも呼べるべきものです。人間は、赤ちゃんから大人になるまでに、いろいろな感情の調整を学んでいきます。しかし、親からの虐待によって怒るときに怒れなかったり、甘えたいときに甘えられなかったりする子ども時代を過ごすと、感情のコントロールができない状態のまま大人となり、〈多様な調整障害〉が起きてしまいます。「第四の発達障害」（杉山登志郎医師による）ともいわれるように、虐待の後遺症は、発達障害にも類似した症状を呈します。

たとえば、愛着障害なら愛着依存した他人との境界線、距離感がとことんわからない。愛着依存した人との付き合い方が定まらないために、結果的に相手を振り回したり、不快な思いをさせてしまいます。これは、発達障害のうちアスペルガー症候群の症状のひとつにあたる「相手の気持ちや意図を理解したり、空気や暗黙のうちに成立している社会的ルールを感じ取ることが苦手」という症状に類似しています。

わたしの場合、躁《そう》うつ病（双極性障害）と実際に診断されています。躁状態になったときは、多動となり、発達障害のADHDに非常に類似した状態になります。躁うつ病の躁かADHDなのか、専門医でも見分けがつきにくいのです。

また、成人して以降に現れる症状が、虐待の後遺症なのか、遺伝的な発達障害なのか、つまり「病の来歴」が遺伝か環境なのかは、大人になるほど解らなくなるものなのです。

犯人探しばかりをしても仕方ないのですが、症状が酷似しているために、精神科で誤診されている虐待サバイバーが多いように感じます。わたし自身、何人もの精神科医に診てもらったことは前章でも触れましたが、適応障害やうつ病、発達障害や双極性障害（躁うつ病）など、医者が代わるたびに病名も変わりました。成人後15年にもわたり病名が確定しなかった理由には、複雑性PTSDという病が、精神科医の間でもあまり認知されていないことがまず挙げられると思います。

複雑性PTSDはその治療法もまだ確立されていません。適応障害やうつ病、発達障害や双極性障害（躁うつ病）など、従来の病名に対する治療では治りません。

ここまでは精神的な面について書いてきましたが、複雑性PTSDには、身体的な症状もあります。月経前不機嫌性機能症候群が重度であったり、体のあちこちが非常に凝りやすく慢性的疲労感がとれなかったり、頭のなかで常に何かを考えていて、多動状態が落ち着かないためか、眠いのに眠りになかなか入れない睡眠障害があったり、食べても食べても満腹感が得られない時期がある一方、まったく食べ物を欲しない感覚になる時期もあるといった、摂食障害に近い症状がわたしにはあります。難病の線維筋痛症を発症しているサバイバーもとても多いです。自律神経が失調気味で、常に体調面の調整がうまく効かないような感覚で過ごしています。虐待サバイバーが働けなくなる原因のひとつに、メンタル面以外に身体的な症状の重さも挙げられます。

わたしが攻撃的人格に変わるとき

わたしにはもうひとつ、酷くやっかいな症状があります。これも、成人後15年間も悩み続けていたにもかかわらず、病気であるという自覚が持てずにいたものです。今、一番苦しくて辛いことは何？　と訊かれたら、わたしは即座に、人間関係を破壊するこの「解《かい》離《り》」という症状が頭に浮かぶでしょう。でも、虐待サバイバーの多くが、この症状に悩まされているのも事実です。わたしの場合は「記憶が連続的にある解離」です。二十歳くらいから、人格が異常に攻撃的に変貌してしまうことが日常的に起こるようになりました。

感覚的には、解離よりも憑依《ひょうい》という表現の方がしっくり来ますが。

どういう場面でなりやすいかといえば、月経前はその傾向が強いです。かといって、必ずしも相関しているわけではありません。体調や環境など、いろいろな要素が複合的に関係しているのでしょうが、「攻撃的人格」への解離は、自分の意思とは無関係に、非常に頻繁に起きてしまいます。

これによって、わたしはいくつもの人間関係を壊し、社会的な立場も危うくなり、何度も仕事を変えなければなりませんでした。履歴書を汚すことは、生活（経済面）の苦しみへと直結します。本書では、この攻撃的人格には、「黒いチエ」と名前をつけてみます。

黒いチエになったときのターゲットは、いつも同じ相手ではありません。市役所時代は愛着を起こしていた年配上司がターゲットでした。現在のターゲットは、子どもと大人を差別的に扱いトラウマを引き起こしたかつての児童精神科の主治医だったり、「子どもの支援」という話題を無邪気に持ち出す人だったりします。ＳＮＳで「子どもの支援」というテーマの記事を見ただけで、相手を言葉で叩きたい衝動が抑えられないときもあります。

「主人格」（普段の冷静な自分）は、頭の片隅でそれを観察しています。ときには、その考え方は間違っている！　と話しかけてみるのですが、強すぎる黒いチエが、言うことを聞いてくれません。しかし、彼女の思考や言動を「主人格」が見ているから、犯罪までは起こさないようです。その程度には制御できるのです。もし、完全に記憶をなくす解離状態になれば危険だなと我ながら思っています。黒いチエとの付き合いは長く、その存在を知ったのは、高校生くらいの頃でした。

高校生の頃、非行に走ることもできず、誰かに相談するどころか、言葉にすらできずにいて、〈in〉の状態で、世の中への憎しみを完全に封じ込めていました。みんな死ねばいい！　包丁を持ったわたしが町のなかで、次から次へと通行人を刺して血まみれになっていく……空想のなかでは、何度も無差別殺人をやりました。何百人も殺しています。

しかし成人後、今まで閉じ込めていた感情は〈out〉になり、言葉にすることを覚えました。すると、黒いチエがしょっちゅう出てきて、他者とのトラブルを起こすようになりました。黒いチエは、人を憎む感情も、攻撃する感情も、とてつもなく強いのです。「赦す」という言葉を知りません。そして、嵐のように彼女が去った後、「主人格」に戻ったわたしは、なぜ、そこまで攻撃的な考え方をし、行動をしたのか理解できずに呆然とします。でも周囲は当然、わたしがやったこと、と考えますから、落ち込みに落ち込み、死にたくなるのです。

大学時代、指導教官の男性に愛着依存したことがありました。進路相談のとき、別の大きな大学の大学院へ進学した方が将来のためになるという、とても真っ当なアドバイスをしてくれたのですが、わたしは「見捨てられた」と感じました。すると待ってましたとばかりに黒いチエが現れて、教官を攻撃し始めました。それまではとてもいい師弟関係だったのに、完全に壊れてしまいました。酷く後悔しています。

冷静なときのわたしの「主人格」は、他人とのトラブルを避けたがる人間です。明るくて、エネルギッシュで、年相応の冷静さも保ち、たとえ誰かに嫌なことをされても、執拗に憎んだり、人間関係にそれほどこだわったりしない。切り替えの早いタイプです。だから人間関係を破壊しまくる黒いチエの一番の被害者は、実は、わたし自身だと友人から指摘されます。かといって、ふたつの人格が対峙することはありません。人格同士が繋がっていないというか、対峙したくても対峙できないといった方がわかりやすいかもしれません。わかっていても、止められないという感じです。

以前、テレビで北九州市の女子刑務所のドキュメンタリーを観たとき、虐待被害などの過去を持つ受刑者の女性が、万引きなどの依存症が「わかっていても、止められない」と紹介されていました。それを観て、自分との相似性に具合が悪くなりました。

顔つきも、雰囲気も、口調もすべて別人に

「顔つきも、雰囲気も、口調も、すべてが変わる」

「１時間後には別人格がやってきたように思った」

「どれが本当の羽馬さんなのか、わからなかった」

そんな証言を、何人もの人から聞きました。この症状には今でも困っていますが、年齢とともに、少しずつ制御できる場面が増えてきたようにも感じています。

黒いチエの暴走が止まらない自分のままで精神科の診察室へ行けたらいいのですが、そうはなりません。その直前に、彼女は身を潜めてしまうからです。そして診察室に座ったときのわたしは、「主人格」にすっかり戻っています。

だから、緊急事態だと思い病院へ行っても、医者からは、入院するレベルではないと判断され、焦りと苦い思いばかりを繰り返してきました。

これが病気の症状なのだと最近まで自覚できなかったのは、解離したときも、記憶は明晰だからです。多重人格というと、別人格に支配されている間の記憶がまったくないと思われがちですが、わたしの場合は記憶はあるので、解離と自覚できずにきました。そして、「特定不能の解離」という、記憶のある解離が存在することを、最近知りました。

黒いチエがあまりに攻撃的であるために、ＤＶをしてしまう人に見られる症状の「ＤＶ心性」にも見える、とある精神科医に指摘されたこともあり、診断書にその病名が付記されたこともあります。どういうことかというと、黒いチエから、冷静な「主人格」に代わった後で、暴言を吐いて攻撃していた相手に、ごめんねと本気で謝罪するのです。

だけど、また場面が変われば「攻撃的人格」へと変わり、同じことを繰り返す……。この一連の行動が、ＤＶ加害者の行動（さんざん妻を暴力で痛めつけたあとで、ごめんねと泣きながら謝罪し、愛しているよと言いながらセックスしてしまうような行動パターン）によく似ているということです。

「主人格」に戻るときのスイッチは、生活の場面が変わるときに入りやすい傾向があります。たとえば、家でひとりでいるときに、黒いチエになって暴れまわっている。だけどインターホンが鳴ると、いきなり主人格に戻って、お客様を普通にお迎えができるといったものです。

逆に、そういう外的な要因がないと、なかなか自分で「主人格」に戻すことは困難です。さもなければ一度寝てしまい、リセットするしか対処の仕方が見つかりません。

加害者への治療と支援が必要な理由

これはあくまでわたしの推察なのですが、２０１９年に千葉県野田市で起きた虐待死事件の加害者の父親も、報道を見る限り、多重人格の要素があると思います。家庭内では悪魔のごとくＤＶや虐待を繰り返すけれど、家の外では、「いい人に見えた」といいます。

わたしが代表を務める虐待サバイバーの当事者の会のなかにも、解離性同一性障害をカミングアウトする虐待サバイバーはかなり多いです。

しかし、一言で「解離」といっても、その症状はさまざまです。愛着障害も出方が多様であれば、解離も出方が多様。おそらく、本人の性格に起因して症状の出方が変わるのだと思います。

前章で母の物語を書き、「虐待の連鎖」についても言及しましたが、それは何も「遺伝的なもの」で連鎖するわけではないのです。遺伝的というよりも、社会で生きていくための資源が少ないために「苦境の連鎖」をしてしまうことによって、一部、虐待の連鎖や他人への加害の連鎖が起きてしまうということなのです。「苦境の連鎖」が、暴力的要素を呼び起こし、解離（多重人格）とも密接に関係しているようにも感じます。

この仮説が正しいとすると、加害者を「医学的に治療する」という支援の必要性も見えてきます。薬物問題でも、刑罰ではなく治療という観点が主流になってきているのと同じく、虐待やＤＶをする親に対しても、厳罰《げんばつ》化では本質的なものの解決には繋がらず、治療が必要ではないでしょうか。

わたし自身、この本に自分の解離について書くことにはすごく勇気が必要でした。未だ苦しんでいる解離をカミングアウトすることで、周囲から信用されなくなるのではないかという怖さがあったためです。しかしこの点を当事者が隠していたのでは、専門家からの医学的見解も得られず、次に進むための議論にならないだろうと思い、意を決して書くこととします。

精神科医の多くが解離性同一性障害の患者に偏見を持っているように感じています。効果的な治療法がある病気ではないし、患者として厄介なだけでなく、重篤《じゅうとく》になると薬でも抑えることができないために、診断書に解離の病名が付記されているだけで、診察をはじめから拒否されることもあると聞きます。

黒いチエの一番の被害者はわたしだと書きましたが、それでも尚、黒いチエに対しては絶対悪とも言い切れない部分があります。それは、こうして執筆したり、社会に啓発をするという活動の原動力が「攻撃的人格」が内包する怒りのエネルギーでもあるからです。冷静で人のいいわたしの「主人格」だけだと何も成しえないだろうとも思うのです。黒いチエを完全に殺さずに、葛藤《かっとう》しながらも上手に飼い慣らすことが、わたしが生きていくための唯一の方法だと感じています。どのみち、完全に追い出すことはできないし、居てもらうことのメリットもあるのです。

この原稿を執筆している最中にも「記憶のない解離」が何度か起きています。過去の記憶を想起しないと書けないため、フラッシュバックを起こしているのです。自分の行動を完全に忘れてしてしまう（解離性健忘）という事態が数回、起きたのです。幸いにも、その行動にはひとつも攻撃性がなく、誰かに迷惑をかけるといったものではなかったため、問題にはなりませんでした。しかし、記憶をなくすということは初めて起きたので、正直かなり驚いたし、自分の行動に自信をなくしてしまった時期もあります。

虐待サバイバーは、悲しい別れを繰り返す

わたしは昨年（２０１８年）、黒いチエのために、大切な二人の友人を失いました。趣味もノリも合い、互いを思いやれる関係を築けていたはずなのに、ちょっとしたきっかけから、黒いチエが彼女たちを攻撃の標的にしたのです。ある日を境に、暴言が止まらなくなりました。とても悲しかった。

悲しみのなか、わたしがどう対処したかというと、「主人格」に戻ったときに、解離について彼女たちに説明をして、「どうか、わたしのSNSをすべてブロックしてほしい！関係を断ってほしい！」と伝えました。わたしからブロックすれば、わたしから解除ができてしまう。相手からブロックしてもらうしか、もう防ぎようがないのです。

二人とも理解してくれました。最後に泣きながらこう伝えました。

「長い間、友達でいてくれて、毎日、本当に楽しかったです。どうかこれからの人生が、お二人にとって幸せでありますように！」

今後の人生、どこかでまた再会したい、友達としてやり直せたら、という想いはもちろんあります。だけど一方的に暴言を吐いて攻撃しておいて、そんなことは赦されないのもわかっているつもりです。

虐待サバイバーの人生は、大切な人とのお別れの連続です。

大切だと思う人ほど、愛着を起こして振り回したり、理解してもらえないと悲しくて攻撃してしまい、傷つけてしまう。

でも、以前の方が、「相手に自分を理解してもらいたい」という想いが強かったように思います。今は、友達ができても、自分の悩みをほとんど言わなくなりました。

自分の悩みを吐露するよりも、楽しく過ごす時間の方が価値があると思えるくらいは、成長できました。でも、関係性が深まったのなら、少しずつ段階を踏んで伝えていくことが大事かと思います。相手にも、少なからず「理解したい」という想いはあるはずで、自分の内面を何も伝えないこともまた、友情の放棄かもしれません。

大人というのは、お互いの抱えている深刻な事情を「深く探り合わない」というなかでのお付き合いが前提なのだと気がつきました。そして、どんな相手も万能な存在ではなく、何かしらの生きづらさを抱えているのだろうな、と想像できるようになりました。わたしが一方的に辛いわけではないのだと。

大人の友情のルールとは、自分の相談が、相手の負担になっていないかどうかを常に確認することなのだとも知りました。

また、自分のことを理解してもらいたいと思ったら、自分の不幸なエピソードだけを押しつけないこと。不幸な過去を伝えつつも、感謝と前向きな自分を必ずセットで伝えること。いろいろあったけれど、いま、自分の人生を一生懸命に生きているのだと伝えること。

それをちゃんと見ていてくれる人は、必ずいます。

自分に対しても、他人に対しても、わたしは諦めません。

相手に理解を求めるのではなく、自分自身が理解してもらったり、応援してもらえる人間に変わること。これが最も遠回りなようで、意外と理解者が増える近道だとわたしは思います。自分次第ということです。

そして繰り返しになりますが、複雑性ＰＴＳＤも解離性同一性障害も、治療法が確立されていない現状なので、早期に治療法を確立してもらいたいです。こうした病状にいくつかの治療的手法をすでに実践されている専門家の方も少なからずいると思われますが、精神科医療全体に、その手法の均てん化を図っていただきたいと、当事者として切望します。主治医の方針によって、虐待サバイバーの未来が変わってしまうということは、あってはならないことだと思うからです。

解離人格 あるある編

おはようございます!
ちえさん、おはよう
今日はおだやかそうだな
8:00
そういえば…さっき、ちゃんと目を合わせてくれなかったような気がする…。
たった1時間後には…
どーして冷たくするの!!!
私、この子に何をしたかしら…?
とりあえずなだめる?
どーしたの?
帰宅する頃には…
別人みたい…。
お先に失礼しまーす

これ、誰が食べたの？
朝起きたらこうなってた…。
POTA
申込完了のお知らせ 参加費用は○万円になります。日時は…
何、コレ？？
イベントや学会に申し込んだ記憶なし!!
こ、この人…誰？？
つきあってくれるって言ったよね〜
どうやらエッチのあとらしい…。
ノラ猫を拉致したことも…。
オメーがゆうべムリヤリ連れてきたんだろーが
あなたどこの子？
はやく出してくれ！

対談
虐待サバイバーたちよ、
この恐ろしく冷たい国で、熱く生きていこう！

和田秀樹 × 羽馬千恵
（精神科医）　（虐待サバイバー）

和田秀樹（わだひでき）
1960年大阪府生まれ。東京大学医学部卒。東京大学医学部附属病院精神神経科助手、米国カール・メニンガー精神医学校国際フェローを経て、国際医療福祉大学心理学科教授。川崎幸病院精神科顧問。和田秀樹こころと体のクリニック院長。映画監督としても活躍中で、集団レイプ被害に遭った女性の心理に迫った近作『私は絶対許さない』（2018年公開）では、インドとニースの映画祭で受賞するなど、話題を呼んだ。

和田　羽馬さんの原稿、興味深く読みました。

羽馬　ありがとうございます。私、何か変なこと書いたりしていませんか。

和田　精神医学的にはまったく間違ったことは言っていないと思います。ただ、読者の人がどこまで理解してくれているかですね。そもそも論として、〈複雑性PTSD〉どころか、一般読者は〈トラウマ〉と〈PTSD〉の区別もついていないのですから。僕がかつて診た患者さんのなかには、神戸の震災の後のボランティアに行った際に、そういう症状の人がいました。その人は震災のショックから解離が始まり、〈複雑性PTSD〉の症状を呈するようになった。だけど、周囲からは「嘘ばかり言っている人」のように扱われてしまった。本人に嘘をついているって感覚はなく、「さっきの私は、いつもと違っていたんだな」という自覚はあっても、解離している間の記憶がない場合の方が多いんです。つまり、その人の人格の連続性とか、時間の連続性が途切れるのが解離というものです。もちろん解離している本人も解離という現象があることを知らないので、苦悩は深まります。

解離――人格の連続性、時間の連続性が途切れるということ

羽馬　人格の連続性が途切れる……わかります。私もそうなんです。解離した自

覚は何となくあるのです。

和田　〈解離性同一性障害〉という形で、記憶がなくて、別人格に変わるケースと、〈解離性健忘〉というものもあります。同じ人格のまま、たとえば万引きとかをしてしまうのですが、その記憶がないケース。かつては〈解離性障害〉というのは、原則的に記憶がない場合を指していたんだけど、それがどうもそうじゃないということが臨床的にわかってきて、いわゆる連続性のなさの方が問題だと今はされている。つまり羽馬さんのような「記憶のある解離」というものがあってもおかしくはないわけです。

羽馬　私の場合の「記憶のある解離」というのは、要するに記憶喪失にはなっていないということなんです。昨日まで攻撃的な別人格になっていたということをぼんやりと覚えているんです。〈主人格〉に戻った自分が、〈別人格〉だったときの攻撃的すぎる考え方や、それが原因で誰かと喧嘩してしまったことなどの記憶がないわけではなく、〈主人格〉である今の私と、昨日までの〈別人格〉は考え方も感情もまったく異なるのに、〈主人格〉は〈別人格〉がどんな考え方をして、どんな行動をしてしまったかをちゃんと記憶しているということです。

和田　多重人格の人で、Aの人格はBの人格がやったことを覚えてないんだけど、BはAのやっていることを全部知っている、みたいなケースもあります。

幼少期に、親に一貫した愛情を与えられて育った人は、ある程度、人格に一貫性ができる。ところが、……これは世間が大きく誤解しているところなんだけど、児童虐待を受けた子どもって、ずっと親から殴られ続けて育ってきたように思われがちですが、ずっと殴り続けている親というのは、ほとんどいないのです。機嫌がいいときは、子どもにも機嫌よく接するし、可愛いねと抱きしめもする。しかしささいなことで豹変し、子どもに思いきり暴力を振るうとかね。そういう一貫性のなさが子どもに影響するんです。

羽馬　つまり、親にも「一貫性」がなかったということですよね？　よくわかります。わたしの親も、優しいときもあれば、急に理不尽な言動を浴びせてくることもありました。親の言っていることが気分によってコロコロ変わるものですから、子どもの側としては、どれが社会的常識として正しいのかもわからなくなるし、愛情もときには十分に感じたりもするので、いくら理不尽な虐待をされても、それすらも愛情かと思って混乱するのです。だから、子ども側からSOSを出しにくいのだと思います。

それが、大人になって社会や他人の親というものを知って、自分の親がしてきた行為が、愛情ではなかったのだと気がつく。そこで絶望をする。だから、親に激しい憎しみが湧き出すのも、大人になってからの方が多いのではないかと思います。

アダルトチルドレンの本当の定義とは?

和田 〈アダルトチルドレン〉という言葉が、一時期話題になりました。1970年代のアメリカで生まれた言葉なんだけど、日本で広まったのは、1995年頃からかな。アルコール依存症の人が親になると酒を飲んでないときはいい親なのに、酒を飲むと配偶者や子どもに対して暴れまくる。アダルトチルドレンっていうのは、親が暴れないように子どもが常に顔色をうかがうところから始まるんです。その子が大人になった状態が、アダルトチルドレンとなる。それが元々の定義です。

元アメリカ大統領のビル・クリントンは、アルコール依存症の義父に虐待されて育ったアダルトチルドレンであることを明かしています。クリントンは自伝のなかでその義父が、クリントン本人だか母親だかにピストルをぶっ放したことがあると告白して、話題になったことがあるんです。親が自分の命を脅かす恐怖となると、子どもは常に親に気をつかって、それが長じて大人になってから、人に意見が言えないような状態になると。ところが日本では、斎藤学《さいとうさとる》さんという精神科医が、この〈アダルトチルドレン〉の定義を拡大解釈してしまったと僕は考えています。たとえば、子どもに「勉強しろ」と言うのも、躾というものさえ、

「見えない虐待」だと捉え始めました。そういう経験を経て大人になった日本人が、人に意見が言えなくなるのだと。その本来の言葉とはかけ離れた定義をマスコミも紹介し始め、日本に浸透することで、自称・アダルトチルドレンという人が、怒涛のようにして精神科に押しかけた時期があるんです。「私は親の犠牲者だった！」という考え方が、精神科の患者さんの間で蔓延したんですよ。しかし、そんなことを言い出したら、ほとんどの大人がアダルトチルドレンになってしまうわけで、あのときは精神科医たちが混乱しました。アダルトチルドレンですと自称する患者さんを嫌がる精神科医も同時にたくさん出てきたはずです。

羽馬　なるほど。確かにこれまで診てもらった精神科医のなかにも、自分は、嫌われているのだなと感じることがありました。子ども時代の家庭環境についての聞き取りはしっかりあったのに、診察中にその話題にもっていこうとしないし、対応しようとしないのです。今から思えば、理解してくれなかった医者ばかりではなく、そういう患者を面倒だと思って、あえて避けられて、冷たくされたのかもしれません。

和田　ただ「勉強しろ！」って言われただけなのに、「私はアダルトチルドレンだった！」って騒ぐ人があまりにも増えたため、最終的に斎藤学氏はある週刊誌で、「もう二度とアダルトチルドレンという言葉は使いません」（註1）と宣言したんですよ。でも、言い方は悪いけど、アダルトチルドレンの拡大解釈で相当儲か

註1＊現在は、斎藤氏は、「毒親」という言葉に対しても否定的である。参考：親が「毒親」だからといってあなたが不幸になる必要はない『「毒親」の子どもたちへ』著者・斎藤学氏インタビュー　（2015年）https://synodos.jp/newbook/14516

った精神科医は多いと思います。確かに、「勉強しろ！」って言われ続けることが心理的虐待になる人もいます。テストで悪い点をとったら、ペナルティを科す親もいますからね。「今夜の食事はあなただけ違うおかず」みたいにね。

言葉が流行しすぎると、本当に苦しんでいる人が見えなくなる

羽馬　どこからが虐待か？　という線引きって難しいですよね。Twitterとかネットを見てる感触ですが、ちょっと厳しく躾けられただけの人の方が「毒親」みたいな言い方をして騒いでいるケースもあるようです。単に親が嫌いだとか、気が合わないとかの理由で、「私は虐待サバイバーだ」「アダルトチルドレンだ」と自称している人も少なからずいるようです。当然、虐待の程度が軽いか重いかを、本人以外が決めつけてはいけないし、暴力がなかったからといって、心理的虐待が軽いわけでは決してないのですが、それでも、少し首を傾げたくなるようなことはあります。

和田　言葉の流行に左右されてしまうところはありますね。アダルトチルドレン然《しか》り、毒親然りで、流行りすぎると本当に苦しんでいる人が見えなくなってしまう。ところで羽馬さんの場合は、虐待の種類も多いじゃない？　ネグレクトと、身体的虐待と、精神的虐待の三重苦だから。

羽馬　もっとあるかもしれません。つまり義父からの性的被害です。挿入はなかったけれど、性的な行為や発言で思春期時代は苦しみました。顔面を殴られて血だらけにされたことより、性的嫌がらせの方が苦痛と感じることもあります。義父が母との性行為の声をわざと聞かせようとしたり、かと思えば母をわたしの前で殴る面前ＤＶもありましたから。

「解離」と「抑圧」の違い、そして複雑性ＰＴＳＤとは？

和田　これは、フロイトの精神分析学の基本中の基本なのですが、人間は、意識と無意識の間に「抑圧障壁《よくあつしょうへき》」というものがあります。自分が忘れたい体験をここに押し込んでしまうのです。つまり、普段、嫌な記憶を意識の世界に出てこないようにしているわけです。だけど嫌な記憶は消えてなくなったわけではない。それで、何かのきっかけで抑圧されていたその嫌な記憶が意識の世界に出ようとするとき、ヒステリーのような症状が現れるといわれています。

また、ピエール・ジャネというフランス人心理学者の考え方では、人間の意識状態は時々変わるものであり、ある意識状態のときには嫌な記憶があるんだけど、別の意識状態のときには、ない。嫌な記憶があるときには、イライラが募って別の人格みたいになってしまうと言っています。このジャネの考え方の方を「解離」と呼び、フロイトの考え方の方を「抑圧」と呼んでいます。「解離」というのはスプリット・アウト（分裂）するということで、一方、フロイトの「抑圧」は押し込む、ということ。似ているけど違うんです。

羽馬　〈解離性同一性障害〉は、いわゆる多重人格のことですよね。

和田　多重人格の人というのは、嫌な記憶のある人格と、そうでない人格とが、別々に成長してしまったということなんです。すると、すごく恨みがましい人格に育ったり、あるいは、この人格のまま大人になりたくないと考え、子ども返りをしてしまう人もいます。

一時期は、解離や多重人格を否定する精神分析的な考え方が幅を利かせていたのですが、1970年代から、PTSDについて研究する人が増えてきて、解離モデルが復活しました。以前は妄想だと思われていた解離という現象が、珍しくない症状ということがわかってきたのです。それで、多重人格のことを、〈解離性同一性障害〉と呼ぶようになったのです。

「DSM－Ⅳ」（註2）の制作のときに、ジュディス・ハーマン（註3）というトラウマの専門家の人が、〈複雑性PTSD〉という病名をそこに入れろと主張したのですが、残念ながら通らなかったんです。〈複雑性PTSD〉という言葉は、海外では1990年代くらいから認識されていたのに、日本ではほとんど知られないままになってしまったという経緯があります。

註2＊DSM－Ⅳとは、アメリカ精神医学会（APA）の『精神障害の診断・統計マニュアル』（Diagnostic and Statistical Manual of Mental Disorders）の第4版　1994年発行

註3＊ジュディス・ルイス・ハーマン（Judith Lewis Herman, 1942年‐）はアメリカ合衆国の精神科医。現在ハーバード大学医学部精神科臨床準教授、マサチューセッツ州ケンブリッジ病院における Director of Training at the Victims of Violence Program を務める。

羽馬　そうだったんですか。〈複雑性PTSD〉を日本で厚労省が認めたのはつい昨年（2018年）のことですよね。

和田　1回だけ殴られるとか蹴られるとかレイプされるというトラウマと、断続的に繰り返されるものとは全然違うわけです。どちらも大きな傷になることは間違いないですが。ややこしいのは、レイプであれ暴力であれ、一過性のものならば相手のことを憎み続けることで、関係性にまつわる感情は一貫して続くのだけど、家族からの虐待などを受けた〈複雑性PTSD〉の場合は、普段から一緒に暮らしている人が、「愛すべき相手」であり、同時に「憎むべき相手」だから、複雑性を帯びるわけです。

酷い虐待を受けたときに生まれる、サレンダーという心理

編集部　先ごろ、過去に父親にレイプされた女性が裁判を起こすも、父親に無罪判決が出るという、驚くべきニュースがありましたね（註4）

和田　そう！（激怒しながら）あの件は、日本の大手マスコミが、判決文全文を英文にして、裁判長の名前も晒して、「日本は未だこんなに野蛮な国なんです」と世界各国に知らせた方がいい。これ以上、わけのわからない、いい加減な判決を出さないようにするために、判決を出した裁判長の名前は公にすることになっ

註4＊2017年に愛知県内で抵抗できない状態の実の娘（当時19）と性交したとして、父親である被告が準強制性交の罪に問われていた。報道によると、被害者である娘は中学2年生の頃から性的虐待を受け続けていたことや、専門学校の学費を父親に負担してもらった負い目から、心理的に抵抗できない状態にあったことを、検察側が主張。これについて、公判で弁護側は「同意があり、抵抗可能だった」と反論。裁判長は、性的虐待があったとした上で娘が本当に抵抗不能な状況であったかどうかが検討されることに。その結果、「被害者が抵抗不能な状態だったと認定することはできない」として2019年4月の公判で父親に無罪判決が言い渡された。

ているのだから。それをどんなに拡散したって構わないわけですよ。名誉毀損にはならないからね。写真つきで拡散しても問題ない。

編集部　確かに。マスコミがそれくらいやるべき酷い判決です。

和田　精神科医として言わせてもらえば、この判決のもうひとつの問題は、裁判官が「心理的支配」についてまったく理解がないということです。「サレンダー(surrender)」という心理があります。先のジュディス・ハーマン医師による概念です。サレンダーというのはそもそも「降伏《こうふく》する」という意味だけど、要するに、あまりにも酷い虐待や暴力を受けた場合——虐待の程度が中途半端に軽かったら相手のことを恨めるのですが、あまりにも酷い場合は、逆に相手におもねるような態度をとったり、理想化してしまうという心理状態に陥ることがあるのです。ストックホルム・シンドロームみたいなものですね。サレンダーの心理になっちゃうと、度を越した心理的支配となって、虐待している側の人間をされている側が喜ばせようとする気持ちが現れるのです。

羽馬　私は周囲から気が強いと思われるので、自覚がなかなか持ちにくいのですが、今でさえ、強く命令してくる人の意見にいつの間にか、逆らえずに支配されてしまっていることがあります。怖い人には媚びてしまうということがまだおそらく症状としてあるのです。

和田　特に羽馬さんの場合は、普段の人格(主人格)が大人しいことが背景にある。本書を読む限りにおいては、気の毒なことに、解離したときには恨みがましい強い人格になれるんだけど、普段はそうじゃないわけですよね。アダルトチルドレン的というか、サレンダー的になりがちなんじゃないかな。

羽馬　普段の主人格のときは、アダルトチルドレン的というか、まだ愛着障害も残っていて、年配の人に愛着を起こすことも多々あります。〈子ども人格〉もいますし、もっと細かく分類していけば〈引きこもり人格〉もいて、こいつは問題は起こさないけれど、主人格も引きこもりたいのに、人格交代してくれず、そこに主人格は不満や葛藤を抱えながら生きています。だけど昔より自分で抑制できてるという状態。サレンダー的な部分もあって、職場で言うべき権利を主張できなかったり、とても気が弱い部分があって、上手に世渡りができません。

一方で、解離した攻撃的人格は非常に強いから、どれだけキツイ言い方でも解離していれば相手に言えてしまう。たくさんの人に迷惑をかけてしまいました。つまり私の場合、主人格と解離人格との間にギャップがあり過ぎるということですね。当事者たちの話を聞いてみると、ＤＶ被害者のなかに虐待被害者が多いのですが、おそらく相手の顔色をうかがうとか、頼まれたことを断りきれないとかサレンダー的な症状を虐待サバイバーが持ちやすいがために、ＤＶ加害者と共依存関係に陥りやすいのだと思います。

和田　サレンダー的な人には、アサーティブネス（註5）を身につけてもらうのが

註5＊自分の気持ちや考えを、まっすぐに表現するやり方のことを、アサーティブな態度と言う。このスキル（態度）を練習するのが、アサーティブ・トレーニング。キーワードは「対等」「率直」「誠実」「自己責任」。「対等」とは、上下関係や力で相手をコントロールすることなく、同じ人間同士として向き合うこと。「率直」とは、遠まわしに言ったりくどくど言いわけしたりせず、気持ちや意見をシンプルな言葉にすること。「誠実」とは、自分にも相手にも正直に、心をこめて向き合うこと。「自己責任」とは、自分の行動を自分で決め、結果にも自分で責任を持つこと。人の言いなりになったり、人のせいにしないこと。

大原則なんだけど、別人格の方に解離しない限りアサーティブになれないっていう問題ですよね。難しい問題です。

だから、心理学が少しわかっている人間が虐待すると本当に危ないのです。意図的に子どものアサーティブネスを育てないから。たとえば親が幼少期の子どもをレイプした場合、5、6歳のときには本人には意味がわからなかったけど、成長してから、それがどんな意味を持っていたか、どんな禁忌を犯していたのか、あれは性的虐待じゃないか？　と気づくことがあるわけです。

編集部　恋人ができて、初めて性体験をしたときに急に過去を思い出して苦しみ、性的虐待をした父親を憎むにも、あまりにも時間が経ち過ぎてどこに怒りをぶつけていいかわからない女性も多くいるようです。

和田　虐待は、苦しむ年数がものすごく長いんですよ。だから時効は無しにした方がいいと思っています。ＰＴＳＤが起こった際に、その時点で被害を認定して訴えられるような法体系にしなければ、救われない人がたくさん出てきます。そうしないと、ほとんどの児童虐待で親は処罰できないのだから。もちろん、処罰だけではダメだと言っている羽馬さんの気持ちも理解します。

ただ、日本の場合は、虐待に対しての対応が甘すぎるのも事実です。千葉県野田市の虐待事件（註6）の父親も、傷害致死でしょう？　殺人に認定されるケースは本当に稀なんですから。

註6＊千葉県野田市の小学4年栗原心愛（みあ）さん(10)が自宅浴室で死亡した事件では、虐待の恐れを認識しながら、心愛さんを自宅に戻す決定をするなど、リスクを放置した県柏児童相談所の責任が改めて浮き彫りになった。一方、全国の児相が対応する相談や通告は増え続けており、専門家は「業務が児相に集約されすぎている」と指摘する。

羽馬　ほとんどの児童虐待の処罰ができないという点と、虐待は苦しむ年数が大人になってもものすごく長いという点から、当事者を集めて新しい法律を将来的に作りたいと考えています。2000年に児童虐待防止法ができたけど、大人の虐待サバイバーを支援する法律がこの国にはないからです。

法律がないということは、国も市も行政はどこも動かないということなのです。つまり、法律がない時点で、大人の虐待サバイバーには支援がどこにもなくて当然なのです。行政が中心となって、大人の虐待サバイバーを支援する法律が必要だと感じています。子育てに悩む親の支援は一部、民間などで実践されてる方もいますけど、親だけに支援を限定してしまったら、子どものいない虐待サバイバーは何の支援もなくなってしまうから……虐待を受けたすべての人を包括するような法律が必要なのです。つまり、現行の児童虐待防止法で、虐待の「防止」をし、虐待を受けてしまった人にはそのトラウマ・ケアなどの「支援」が受けられるような対策です。

虐待は、犯罪である

和田　虐待で相手が死んだらそれは殺人です。しかし日本の場合は、殺意認定ができなければ殺人にならないし、傷害を受けて死んだと認定されなければ、傷害致死にさえもなりません。処罰だけでは解決できないけれど、被害者が一生トラウマを負うこととか、あるいは結果的に人が死ぬということになったら、それはきちんと処罰するべきなのです。もちろん、処罰だけでなく、親のカウンセリングも必要です。

児童相談所が介入して未然に防げたかもしれない場合でも、日本の場合は、児童相談所が、「この親は今後虐待するだろう」と証明できない限りは親元に返されてしまいます。ところがアメリカでは、親が「もう二度と虐待しません」と証明しない限り、親元に返さないのです。その証明をする係を、カウンセラーが担っています。たとえば、一度虐待をした親は、2年間の治療を受けて、多分もう大丈夫でしょうとカウンセラーがお墨付きを出すまで、子どもは返してもらえないのです。

羽馬　それは日本にはありませんね。アメリカの場合、どこが管轄しているんですか？

和田　州ごとの管轄でしょうね。ただ、虐待の罪がそもそもアメリカの場合はすごく重いですからね（註7）。車に子どもを放置しておいただけで2、3年刑務所に入れられるはずです。

編集部　野田の虐待事件で和田先生に伺いたいのですけど、父親同様、母親まで処罰（2019年6月26日の判決で、検察側の求刑2年を超えて懲役2年6カ月、ただし

註7＊アメリカでも児童虐待は大きな社会問題である。虐待介入（子どもの身柄を確保し、親と分離させる。分離させた子どもの多くは、その後、事前に登録している身元の保証された里親に預けられる）件数は、日本の7.5倍といわれている。アメリカの場合、医師や教師、警察官、聖職者ら子どもと日常的にかかわる職業の専門家には罰則つきの通報義務があるため、学校や医療機関から行政機関への報告が多い。文書での報告よりも前に、電話連絡を入れるのが前提であるため、緊急性が高い。虐待、および虐待の可能性に気がついていて報告を怠った場合、医療者、教育者などは免許剝奪を含むペナルティが法律で定められている。

保護観察つきの執行猶予5年がつけられた）されるのはどうですか。逮捕直後、SNSでは意見が分かれました。母親も被害者である、だから処罰すべきではないという意見と、いやいや、娘を見殺しにしたんだから同罪だという意見があります。

和田　あの事件の場合、母親もDV被害者であることは間違いないから、情状要件にはなると思うけど。たとえばレイプ事件の場合は、目の前で誰かがレイプされているのに止めなかったら罪になります。虐待も、基本的にはそれと同じだと思う。それを止めに入ったら自分が殺されるかもしれないけど、それは情状要件なのであって、やっていることはまずいわけです。

もちろん心理的支配が認定されれば、心神喪失になることはあるでしょうが、起訴まではもっていくようにはしないと。結果責任を考えると、それがルールだと思います。日本の場合は法体系がめちゃくちゃな国なんです。昔は輪姦の方が強姦より罪が重かったのに、数年前に集団強姦罪がなくなっています。めちゃくちゃですよ（註8）。慶応大学のサークルの事件も、輪姦したガキの親のこともあって、政治的な圧力がかかったのではと思うくらいです（註9）。

僕は集団犯罪を厳罰化すべきだと思っています。つまり、一人に殴られるより、集団にボコボコにされた方が、死ぬリスクも高いし、終わった後のトラウマも大きいから。だから〈集団犯罪防止法〉という法律を作って取り締まればいい。そうすれば、暴力団も活動しづらくなります。今の〈暴力団対策法〉（1992年施

註8＊2名以上で強姦をした場合、集団強姦罪（4年以上の有期懲役）という罪名が設けられていたが、2017年5月の、110年ぶりの法改正により、この罪名はなくなり、新たにできた〈強制性交等罪〉によって処罰されることとなった。

行）よりよほど効果があると僕は思う。集団犯罪で人が死んだ場合は未必の故意を必ず認めるとか、ひとりで殴ったときより罪を重くするのはある意味、当たり前ですよ。ところが今は、集団のほうが殺意の認定が難しいから傷害致死になるケースが多く、加担の度合いが少ないと執行猶予がついてしまう。

羽馬　野田の事件は、母親に執行猶予がついたのは、わたしは妥当だと思います。

虐待が原因の「自殺」は、二種類ある

和田　日本では、年間死亡者数約120万人のうち、事件性のある死因不明死体が年間約1万4000体出ているんです。この半分くらいは自殺じゃないかと言われています。そして3000体くらいは殺人じゃないかと言われてるわけです。だけど、殺人事件被害者として認められているのは、2016年現在、年間350人程度。10人にひとりしか殺人と認定されていない計算になる（註10）。

編集部　警察庁の統計によれば、2016年には我が国全体で2万1897人が自殺で亡くなられていますが、そのうち、320人が小中高校生でした。内訳は、小学生が12人、中学生93人、高校生215人。男女比は、2：1です。2003年をピーク（3万4427人）に我が国の自殺者は減っているにもかかわらず、小中高校生の自殺は減っていません。

註9＊2016年、慶應義塾大学の公認サークル「広告学研究会」のメンバーが当時18歳の女子大学生を酒に酔わせたうえ、集団で乱暴したとして集団準強姦容疑で書類送検されていた事件で、横浜地方検察庁は2017年11月28日、不起訴処分にしたと発表した。世間では事件の悪質性から厳しい処罰を望む声が多かったが、不起訴処分となったことで、司法に対する不満が高まっている。「加害者の親などから圧力がかかったのではないか」といった憶測も多く飛び交っている。

註10＊ただし、この件数には、「傷害の結果による死亡」が含まれていない。

また、同統計による2016年の小中高生の自殺の原因（複数の場合あり）によれば、最も多い自殺の原因が「学業不振」などの学校問題で36・3％。その次が、「親子関係の不和」などの家庭問題が23・4％。「うつ病」などの健康問題が19・7％。しかし、学校問題や家庭問題といったざっくりとした理由のなかから、「いじめ」「虐待」など具体的な理由を見つけ出すのはとても難しいようです。

和田　警察のデータはないかもしれないけど、精神科医の実感としては、いじめよりも虐待被害者が多く命を絶ってますよ。しかも、虐待自殺にはふたつタイプがあって、親に虐待されて自殺するタイプは、まあまあある。でも、いじめよりは多い。もっと多いのは、その子が大人になってから命を絶つ場合です。

羽馬　そうですよね！　そうなるともう、虐待があったことさえ証明できないんですよ。わたしも大人になってから何度も自殺未遂を繰り返してきたのですが、その原因が過去の子ども時代の虐待の後遺症にあるのに、死にたいと訴えても、精神科医も周囲もそこを理解してくれなかったのです。

編集部　たとえ、遺書にかつての虐待に苦しんでいると書いたとしても、現在進行形でないのなら親は無罪です。

和田　結局、〈複雑性PTSD〉が厄介なのは、今は発達障害の議論は盛んだけど、一時期はボーダーライン論として盛んに問題にされていました。つまり、〈複雑性PTSD〉のパーソナリティ障害として（註11）、境界性パーソナリティ障

註11＊パーソナリティ障害にはいくつかのタイプがあり、アメリカ精神医学会の診断基準では10種、WHO（世界保健機構）の診断基準で8種に分類されている。内、医療機関を訪れるのは、境界性パーソナリティ障害（BPD）の人が最も多い。また、アメリカの調査では人口の15％が何らかのパーソナリティ障害であるという報告も。その原因は、医学的にはまだはっきりと解明されたわけではないが、養育環境が恵まれていなかったなどの発達期の辛く苦しい体験が関連していることはわかっている。たとえば、衝動的な行動に関しては、神経伝達物質であるセロトニンが作用した神経系機能の低下によるものと見られている。

害（註12）がある。それにともなって、摂食障害がある人も多く見られます。そのボーダーラインの人が、人間関係においてもトラブルメーカーだし、犯罪傾向は強いわけです。ストーカーやDVをやってしまう。確かに虐待の連鎖だけじゃなく虐待被害者が犯罪やそれまがいの問題を起こしてしまうという問題があります。

羽馬　わたしも症状が酷い時期は、境界性パーソナリティ障害を医者に疑われたこともありますし、摂食障害に苦しんだ時期もありました。結局、感情とか身体的な欲求にしても、調整が自分ではできないという点が、虐待の後遺症なのだと思います。虐待は終わってからが本当の地獄でした。

アメリカが虐待問題に力を入れる本当の理由

和田　さっきお話ししたように、アメリカという国家が、虐待された子どもをなぜ一生懸命ケアするのかといったら、将来の犯罪を減らしたいからでしょう。虐待被害者の全員が犯罪者になるわけではないけど、仮にその1割としても、虐待されている人間が100万人いたとしたら、10万人は犯罪者予備軍になってしまうわけです。ならば、早期発見して、きちんとしたケアをしてあげた方が将来的には国にメリットがあるんです。

羽馬　そういうことだったんですね。昔、アメリカのテレビ番組で、虐待された

註12＊境界性パーソナリティ障害（BPD）は、以下の項目のうち5つ以上が当てはまることによって診断されることが多い。①現実にまたは想像のなかで見捨てられることを避けようとする、なりふりかまわない努力　②理想化とこき下ろしとの両極端を揺れ動く、不安定で激しい対人関係　③著明で持続的な、不安定な自己像、自己感　④自己を傷つける可能性のある衝動性、少なくとも2つの領域にわたるもの（浪費、性行為、物質乱用、無謀な運転、むちゃ食い）⑤自殺の行動、そぶり、脅し、または自傷行為の繰り返し　⑥顕著な気分反応性による感情不安定性　⑦慢性的な空虚感　⑧不適切で激しい怒り、または怒りの制御の困難　⑨一過性の妄想様観念、または重篤な解離性症状

子どもが大人になったとき、その経済的損失が莫大だということで、早期にトラウマ・ケアに力を入れているという話は聞いたことがあります。

日本でも実際に、虐待された人って本来の能力以下の学力や教養しか身につけられてなかったり、就職できても後遺症で長続きしなかったりして、貧困やホームレス、生活保護になってしまっている人も非常に多いです。経済的損失という点だけで見ても、虐待された子どもや大人の支援がどれだけ大事かということがわかるし、日本は、虐待の防止ばかり叫ばれて、その後のケアや支援をしようという動きが本当にない国だと思います。そもそも、虐待から救えば、それで一件落着だと思っているマスコミや世間の認識があまりに間違ってると思います。

和田　『ヤバい経済学』（註13）って聞いたことありますか？

羽馬　いえ、初めて聞きました。

和田　ベストセラーになった本です。そこに書かれていたことなんだけど、アメリカでは、1990年代の半ばにいわゆる若者の凶悪犯罪が激減したそうです。その当時、ニューヨークのジュリアーノ市長が〈割れ窓理論（Broken Windows Theory)〉（註14）といって、凶悪犯罪ではなくて軽微な犯罪から取り締まったんです。

あと、たとえばテキサス州では、ちょうどブッシュ・ジュニアが州知事だった頃に、1年で150件だったかな、膨大な数の死刑を執行していたんです。つま

註13＊スティーヴン・D・レヴィット、スティーヴン・J. ダブナー著。2003年頃に、アメリカに経済学ブームを巻き起こし、170万部のベストセラーとなった話題の書。日本でも3年後に翻訳。犯罪と中絶合法化論争のその後や、犬のウンコ、臓器売買、脱税など、もっとヤバい話題が満載。

註14＊アメリカの犯罪学者、ジョージ・ケリングによる言葉。軽微な犯罪も徹底的に取り締まることで、凶悪犯罪を含めた犯罪全体を抑止できるという理論。「建物の窓が壊れているのを放置すると、誰もその建物に関心がないことの象徴となって、やがて他の窓もまもなくすべて壊される」との考え方から。

り、すごい厳罰化をした。そうしたら、テキサスとかニューヨークとか、治安が悪かった場所が改善されたので、それは厳罰化のおかげだと保守派の人たちは喧伝して回りました。ところが実際には、すべての州で若者の凶悪犯罪が激減していたんです。

羽馬　確かにそうかもしれません。最近、子どもの虐待が増加していると日本でも言われていて、厚労省が出している児童相談所に相談や通報がある児童虐待相談件数も年々増加のグラフを示しています。だけどすごく疑問に思っているんです。日本は今、少子化で子どもの数が昔よりずっと少ないし、学校でも昔のような体罰をしてたらすぐにSNSに上げられて、ニュースで大騒ぎになります。ここ20～30年くらいで子どもの虐待に関して、世間もマスコミの目もとても厳しいものになった。結果、虐待が増えているのではなく、「虐待を発見されやすい社会」になったと思っているのです。だから、虐待自体は減っているのでは？　というのが私の仮説です。

昔は虐待で殺されても、「虐待」という言葉すら世間も警察も知らなかったわけで、ただの事故死として片付けられたケースも多かったのではないでしょうか。

和田　先ほどのアメリカの例だけど、その統計的な裏付けっていうのは、また別の話でね。1973年にアメリカで人工妊娠中絶が合法化されていて、実はそれが一番大きな要因だったと判明したわけです。つまり、望まれないで生まれる子どもが減るだけで、凶悪犯罪の発生率は低くなる。誤解しないでほしいんだけど、別に優性思想的な話をしたいのではなく、愛されないで育つことが、いかに危険かということを言いたいのです。

死んだら可哀想。でも、死ぬ思いをした生き残りには冷たい国

編集部　今回の本では、羽馬さんのお母様の物語も詳しく取り上げさせてもらいました。お母様は、貧困を我が子を愛せなかった理由として挙げているようにも受け取れます。貧困はやはり、虐待の要因になり得ますか。

和田　うーん。昔の日本なら、貧困だったら長屋文化で助け合えたわけです。長屋って、江戸時代の典型的な庶民の住まいの形です。細長い建物の内部を壁で仕切り、何世帯かが住む。この長屋文化から、「向こう三軒両隣」「遠くの親戚よりも近くの他人」という言葉も生まれました。近所付き合いの大切さ、いわゆる〝地縁〟による支え合いのもと暮らしていました。長屋暮らしのようなライフスタイルだと、貧しい生活でも虐待は起きにくいですよね。

　ところが、現代のように貧困プラス孤立のライフスタイルが基本になると、その閉塞感が子どもに向かいがちなんです。ましてやその親もかつての虐待被害者だとすると、ますます子どもがターゲットになりやすい。

羽馬　その通りです。子どもも心に親の悪口を外で言ってはいけないと思っていたので、私は親しかった祖父母にも虐待の内容をめったに伝えることはありませんでした。長屋のような暮らしではなく、5歳以降は核家族化したので、虐待を祖父母や親戚に発見してもらうこともなかったわけです。

和田　貧困プラス孤立生活でも、かつて愛されて育っている人ならば、何を置いても我が子だけが可愛くて、ものすごく溺愛したり共依存関係になったりするんだよね。そういうシングルマザーは意外に多い。虐待という方向にはなりにくいんです。

羽馬　でも、あまりにも我が子に干渉しすぎて共依存関係となってしまうのも、ある意味虐待のひとつだとも思います。

和田　確かにそうですね。本当に今の日本ってヤバいと思うよ。頭が悪いとか、いいとかじゃなくて、中学も高校も大学も受験していないようなボンボンの総理大臣には、弱者に対する優しさなんか、実感としては欠片《かけら》も無いはずで。それを応援する右翼の連中にも、本当の優しさはないように見えますね。

結局、優しくない政治を続けているうちに犯罪が増えてくると、今度はブッシュ・ジュニアじゃないけど、厳罰化しろって話にしかならないのです。

以前、『この国の冷たさの正体』（註15）という本を書きましたが、優しくない政治が続くとつまり、「誰かを蹴落とさないと自分が蹴落とされてしまう」という

註15＊『この国の冷たさの正体』（朝日新書、2016年刊）。なぜこの国はかくも殺伐としているのか？　個人、組織、そして国家、どの位相でもいびつな「自己責任」の論理が幅を利かせる。「自由」よりも強者の下で威張ることを選び、「平等」より水に落ちた犬を叩く。私たちを取り巻く病理を、和田秀樹が書き下ろした問題作。

感覚を国民が持ってしまうんです。そして、蹴落とされた者が「自己責任」の四文字で片付けられてしまう。だから、政治家が犯罪を招いているんですよ。

ただ日本っていう国では、まだ現状では、虐待されて育った人よりも愛されて育った人の方が多いから、貧困と犯罪があまり結びついていないと思う。他の国と比べれば、今のところはね。離婚率がこれだけ高くて、実質賃金が下がり続けていて、生活保護を断られるようなケースも多いなかで、その割には犯罪が増えていない。だから政治家も行政もマスコミも油断しているのでしょう。

羽馬　「誰かを蹴落とさないと自分が蹴落とされてしまう」という感覚は非常によくわかります。自分の貧困の怒りが、同じ貧困者に向かう。働いていると、生活保護者に怒りが沸いてきたり、今、60万人いると言われている引きこもりの人を蹴落とさないと、自分に社会保障費が回ってこないのではないかと焦りが生まれ、迷惑な存在だからバッシングしたい気持ちになるのです。本来、助け合わないといけない国民同士が泥仕合ばかりしているのが、今の日本です。

和田　仰る通りです。そうした状況下であなたみたいに勉強ができる人は例外だと思いますよ。以前、フィンランドに視察に行ったときに、いい考え方だなと思ったことがありました。

フィンランドも少子化（註16）で苦しんでいる国です。年金受給者が増えているのに納税者が減っている。だから、将来の国のために出来の悪い子を一人も作ら

註16＊2017年のデータでは、フィンランドの合計特殊出生率は日本とほぼ同じ1.4。

ないようにしようと必死なんです。1クラスは18人。義務教育でも点数が足りなければ、卒業させてもらえない。その代わり少人数クラスだから、勉強ができない子がいたらつきっきりで指導する。それと、フィンランドの国家教育委員会って、3年以上教師の経験がない人はなれないんです。僕も今、磐城緑陰《いわきりょくいん》中学校・高等学校という福島県いわき市にある中高一貫の学校の指導に関わっているのですが、まだ中高一貫の歴史がないから、90人定員で16人か18人しか入ってこない。でも、下から2番目の成績の子でも茨城大学に入っているんです。国立ですよ。2年目以降は福島県立医大に毎年合格者を出しているし、その2年目には16人しか卒業生がいなかったのに、4人も慶応に受かっている。慶応現役合格率は全国8位で、首都圏以外だと1位なの。落ちこぼれがいないんです。あと、メンタルな問題が今のところほぼない。いじめも起こらない。少人数制っていうのはこんなに効用があるのです。

編集部　わたしはいわゆる団塊ジュニア世代なのですが、1クラス48人はいましたね。

和田　僕は58人でした。でも、できがいい子を揃えてれば58人でもやれるよ。だいたいその学校では東京の塾で小学5年生でやることを中学受験でやるの。受験塾が一校もないから。一番できる子で400点満点で300点くらいなの。点数が低い子は100点くらいなんだけど、そういうビリの子は東京の塾のどこにも入れない。でもそういう子が国立大学に受かっています。その伸び率は日本一だと思う。カリキュラムをこっちがやっているというのもあるけど、少人数でみてあげられるメリットが大きい。たとえば虐待サバイバーとかも含め、少子化を嘆くときにフィンランドは子どもひとりひとりの生産性を上げていこうとしているわけ。子どもの数が半分に減ったとして、そのうち2～3割が社会適応できないとしたら、子どもの数は3分の1に減ったことになっちゃう。今の日本はまさにそれ。虐待だけでなく、勉強の落ちこぼれ対策も何もやってない。

編集部　教育現場が連鎖防止になる方策を見出せないでいますよね。

和田　教育現場で16人くらいのクラスで、先生がいろいろなことに気づいてくればさ、だいぶ違ってくるはずです。

編集部　つまり、虐待を誰にも気づいてもらえない子が、親と同じような人生を歩んでしまうのでしょうか。

羽馬　社会啓発のためにわたしは「毒親」という言葉を使いたくないのですが、同じく「虐待の連鎖」という言葉も使いたくないのです。虐待された人が親になったときに必ずしも虐待するわけではない。でも、この言葉で追い詰められる人は多くいると思うのです。虐待されて育ったから、自分も子どもを生んだら虐待をするのではないかと不安になったり、児童相談所に子どもを取られるんじゃないかと疑心暗鬼になったり。

和田　残念ながら、虐待経験のある人は、そうでない人よりも、精神障害に陥りやすかったり、犯罪を犯しがちだったり、子どもの愛し方がわからなくなったりする可能性は高いです。でも逆に言えば、可能性が高いよ、というだけの話。目の前の事象を程度問題、いわゆるスペクトラムで考えられない人が多すぎるから、「虐待」と聞いたときに、みんな連鎖すると思いがちなんですよ。一括りにしてしまうのも、日本人の悪いところだよね。

羽馬　スペクトラムの話、よくわかります。日本人って、生活保護者にしても虐待サバイバーにしても、引きこもりにしても十把一絡げにする傾向が非常に強いですから。マスコミの報道も、日本人のその特性を狙ったかのように、何かの属性の人を犯罪者予備軍のようにイメージ付けしてきますよね。ただの視聴率狙いで、可能性があるというだけの人を追いつめていく。悪質ですよ。

　子どもが虐待で殺されるなんて恐ろしいことだけど、結局、亡くならないと世間は騒がないわけです。被害を受けている子どもは、その何千、何万倍と膨大に存在しているのに。

和田　野田市の栗原心愛ちゃんの事件で一番腹が立ったのは、「これさえしなければ死ななくて済んだ」っていうメディアの論法です。あのときに、教師が親にアンケートを見せていなかったら……って。報道すべきはそこじゃないだろう。じゃあ、死なきゃいいのか？　という話になる。

羽馬　そうなんですよ！　せっかく私たちは生き残ったのに！　虐待問題って生きてる虐待サバイバーには無関心で「虐待死」したら大騒ぎ！　フランダースの犬も最期に死んだら名作！　忠臣蔵も切腹したから日本人の美談！　死んだら大フィーバーで名作として語り継がれるんだけど、生きてるうちに助けてあげないと、死んでからいくら奉ってあげても意味がないわけで。

和田　死んだ事実よりも前に、虐待の事実の方がはるかに問題なんです。心愛ちゃんだって、死ないで生きていたら、その後壮絶な虐待サバイバーになっていたかもしれない。あなたのように。

羽馬　虐待の生き残りに、世間も、行政も冷たすぎるのです。だけど死んだら可哀想って寄り添ってくれる。泣いてくれる。正反対の反応が起こるんです。職場の上司が、野田市の事件が報道されたときにすごく怒ったんです。こんな小さな子どもが、なんて可哀想なんだと。それで、「実はわたしも虐待サバイバーなんです」ってその上司にカミングアウトしたら、引いちゃって絶句ですよ。ニュースに出てくる死んだ子どもには同情するけれど、目の前に虐待された人がリアルにいると、関わりたくないという気持ちが生まれる。

和田　それが可愛い女の子だったりするとなおさら大騒ぎする。解決するための方策よりも、騒ぎたいだけでしょ。テレビ的にはその方が視聴率がとれるからね。

羽馬　死者ではなく、死ななかった者にもっとメディアも世間も目を向けてほしいんです。

和田　あまりにもお涙頂戴的なんだよね。未来を見据えて報道しないと。永山則夫(註17)って人の「無知の涙」とかを読むとさ、親にネグレクトされて、1日一食が学校の給食だった。いじめの対象だから給食を取り上げられたりしている。そりゃ世の中を恨むよね。

羽馬　マスコミも世間も、虐待にこれだけ注目していても、結局、生き残った人には無関心。だから、親よりも社会からの仕打ちを恨んでいる虐待サバイバーも多くいます。私は、虐待は実は親じゃなくて社会がしていると思っています。社会が当事者のことを（加害者も被害者も）追いつめ過ぎなんです。

和田　今の政権になって失業率が下がったって言うけど、非正規雇用もものすごく増えている。実質賃金も下がっている。貧乏人がつまり増えているの。今めちゃくちゃなのに、日本人って政治には怒らないんだよね。

羽馬　人手不足だって言いながら、30代、40代の氷河期世代を採用しようとしないじゃないですか。国も企業も対策は一切取ろうとしない。ほったらかしで、このままでは生活保護になるという人が大量にいるのに。

和田　人手不足なら外国人を採《と》ればいいって言うけど、まず日本人から採るのが最初でしょう。韓国で文在寅《ムンジェイン》大統領が最低賃金を上げて（2018年に16・4％、2019年は10・9％上がる予定）、日本を抜いたんだけどさ。それで失業率も上が

註17＊永山則夫（ながやまのりお）1949年生まれ。連続射殺事件を起こし69年逮捕。獄中手記「無知の涙」や新日本文学賞受賞作「木橋」等によって注目されつづけた存在。著書『捨て子ごっこ』『異水』他。1997年、死刑執行される。

っていて、失敗だったと叩かれていますよね。

編集部　韓国ではかえって雇用が減少したと言われています。

和田　今はそうなんだけれど、それでも最低賃金が上がってくるとさ、最終的には人々の生活水準は上がるはずなんです。僕は、5～10年先には、韓国はそうしてよかったとなる日が来ると思うよ。文大統領のえらいところは、最低賃金をソウルだけ上げたのではなく、全国一律で上げたところです。韓国は地域格差が日本より大きくて、ソウルはリッチだけど他の地方は貧乏なんです。一時的には失業者が大量に出て、一過性の荒療治としてはまずいかもしれないけど。日本は今、表向きは景気がいいことになっていて完全雇用に近いと国が言うのなら、本来なら最低賃金は韓国並みどころか、カリフォルニア（15ドル）くらいまでは上げないと。世界中の先進国のなかで、一番低いくらいだよ。

精神科の通院歴があるだけで仕事も得られない

編集部　羽馬さんが関わっている当事者の会では、虐待サバイバーの皆さんの就職状況はどんな感じですか？

羽馬　生活保護の人も貧困者もとても多いです。

編集部　本書で書かれていましたが、閉鎖病棟に入ったことがあるというだけで就職が阻まれるのはすごく腹立たしいですよね。

羽馬　閉鎖病棟というよりも、精神科に通っているだけでダメじゃないですか？　まず、一筆書かされたこともあります。「精神科に通っていません」って。

和田　都会は都会でいろいろな差別があるけれど、地方はもっとその差別が露骨だよね。日本という国は残念ながら、未だに封建《ほうけん》国家なんだよ。普通の国だと税金を、市民は皆、払った分だけ元を取ろうとするからさ、国民は突然失業したら堂々と生活保護を受けていいはずだよね。精神障害になったときには税金から保証してもらおうとするのが当たり前なんです。払った税金を返してほしいというのは。当たり前の発想なのに、日本だと生活保護を受けていると公表するだけで叩かれる。一方で、国が総理のお友達のために税金を優遇することに関してはすぐに忘れちゃうんだよ。

日本の場合は、もはや税金じゃなくて年貢ですよ。だからお上が好きに使っていいんだ。庶民は年貢を返してもらおうとすると叩かれるからね。こんな国は他にない。日本人は自分たちの封建制にもっと気づかなきゃダメなんです。その封建制があるから、体罰の問題にしても、基本的には子どもは叩かれて当たり前みたいな感覚が未だあるんです。

編集部　親殺しの方が、子殺しより刑が重いことが多いといいますよね。

和田　日本の少子化の現実を考えたとき、「産めよ増やせよ」の前に、まず、今

註18＊日本子ども家庭総合研究所の主任研究員、和田一郎氏らが2014年に発表した調査によると、児童虐待がもたらす社会損失は年間1兆6000億円といわれている。

生きている子どもをどれだけ大切に教育するかに目を向けるべきなんです（註18）。心理虐待も含めたら、日本の子どもの1割くらいが虐待被害者になっているわけですから。

さらに今、ゲーム依存もこの国には90万人もいるといわれています。それでも親は率先して、我が子にスマホを持たせようとしている。そこそこいいレストランで食事をしていても、親子でスマホをいじって会話のないまま食事を終えている家族をよく見かけるようになりました。子どもの数が減っているのに、その多くを依存症にしても平気なのかなって思っちゃいますよ。ちゃんとしたケアと教育を受ければ、かなりの数の子どもはそこから救われるはずなんですよ。あるいは、親自身がカウンセリングを受けられるシステムができないと。

羽馬　国はそこにお金を使うべきです。社会保障費のなかで、医療費や介護費に比べれば、そんなのは微々たるものだと思うんですけどね。今、子どもの数が減っているからこそ、虐待を受けた大人たちもケアを受けるべきです。本来なら、社会で活躍しているはずの中間世代（労働人口）がメンタルも身体も壊されまくってしまっている。中間世代が貧困や病気に苦しむばかりでは高齢者も支えられないし、次世代の子どもたちも大切に育ててあげる余裕がないのです。国が滅びますよ！

和田　先にお話ししたフィンランドでは、教育レベルを上げているだけでなくて、失業したときの手当も手厚いんです。フィンランドはもともと軽工業の国だったんですよ。Nokiaみたいな会社があってね。転職が割と気楽にできたんだよね。会社の方も気楽に人を切れるから、産業構造がコロコロ変わる。で、Nokiaが落ち目になったらフィンランドはダメになるだろうってみんな予想してたけど、Nokiaが実際に落ち目になっても強いのは、今度はソフトの方に転職できる人材があった。失職したときにモラトリアム期間がわりと許されているし、クビにされた人材がそもそも優秀だから、それを使ってまた新しい仕事を起こせる。それに対して、日本人の悪いところって、「この人はダメだ」と決めつけちゃったら、そのレッテルをなかなか外しにくいところだよね。

精神科医の食べログを！

羽馬　私が実名でこの本を書いたのは、虐待被害者なのに、その体験がスティグマ（烙印、汚点）されちゃう現実を、身をもって問題提起したかったからです。就職面接とかで、どうして高校中退なの？って訊かれたときに、「親からの虐待が原因です」と言うだけで不採用になるような世の中です。犯罪者じゃないのに、被害者なのに、汚点があるとみられる。やり直しができないんです。本当に、この国は履歴書が美しくないとやっていけない。どこかに欠点があると、そこから頑張ろうと思ってもできない。

和田　この国の雇用や給与体系が学歴社会を前提にしているというのも、もうおかしい。たとえば僕は今、58歳で、東大を受験してから40年も経ちます。大学に入ったときは多少賢かったかもしれないけど、その後、40年も勉強し続けている人と、そうでない人とでは、大きな差がつくはず。だから、どこの大学を出たかよりも、どれだけ勉強を継続しているか？　が本当は大切なんです。

編集部　本当に大切なのは、学歴ではなくて学習歴ということですね。

和田　羽馬さんは患者だからこそ、一生懸命に精神医療のことを勉強して、こうして本を書けたわけじゃないですか。継続して学習をしているわけです。だからあなたのほうが、巷《ちまた》の無知な精神科医よりもよほど本当の姿を知っていると思います。そういえば、本書に変な児童精神科医が登場しますが、この医師は子どもしか診てないんですよね。児童精神科医だから、子どもには優しいです。しかし、虐待サバイバーとなった大人はろくに診ることができない。この部分を読んで、日本の精神医学はまだこんなレベルかと改めて絶望しました。僕はね、医者版の食べログを作るべきだと思っています。患者が医者を多方面から評価するサイトをね。特に精神科こそ、そういうサイトが必要だと思う。

羽馬　同感です。20代の頃から今までに15名ほどの精神科医に診てもらいましたけど、今ようやく、いい先生に出会った実感があります。今までの先生は、正直言ってこちらが講師みたいな立場になってしまうことがよくありました。勉強していないんです。「え？　そんなことも知らないんですか？」ってなっちゃう。それに、精神科医はコミュニケーション能力というか、社会常識がない人が多くて話が通じないんです。

編集部　精神科医選びの難しさは、患者さんは皆、何かしら感じているところだと思います。何を基準にして選べばいいのでしょうか。

羽馬　私が今関わっているサバイバーの方で、精神状態が酷くて、本人も精神科に通いたいと言っている子がいるんです。私は、「とりあえず病院にかかって薬をもらいな」とアドバイスをしています。「でも、期待はしたらダメだよ」と。今まで、私が何度も医療者に傷つけられてきたのは、期待をするからなんですね。助けてほしいと思うのですが、精神医療が虐待の被害者を理解したり治療できるレベルに日本は未だない。だから、無理解に合い、傷ついてしまうのです。

個人的には、精神科医に10人かかって、いい先生がひとりいたら、それは奇跡みたいなもの、とお話ししています。でも、薬は彼らしか出せない。だから、薬の自動販売機だと思って行ってみたら？　とアドバイスするのです。とにかく、期待せず、傷つけられないようにしながら、どんどんドクターショッピングしていい精神科医を探すしか方法がない。ダメ医者なら、すぐ別の病院に移っていいのです。

編集部　でも、間違った薬を出されることもあるでしょう？

羽馬　私の経験からは、適切な薬すら処方できない精神科医も多いです。だから患者は薬が合わないと言い「じゃあ、お薬増やしましょうか？」と医者が言って薬漬けにされていく。しかし、最低限、睡眠薬とかは手に入るからって。こんな低レベルな実態です……。

和田　薬をもらいに行くだけって割り切るのも考え方のひとつとしてはアリだと思いますよ。だけど、やっぱり、薬が合わなかったときが問題だよね。ダメな精神科医の見分け方として、患者が、「この薬は合わない」と言ったときに、「いや、合うはずだ！」と言い張る場合。これはアウトです。

先日も、60代元大学教授の精神科医に通っていた人がこんなことを言っていました。処方された薬を飲むと眠くなるから薬を変えてほしいと言ったのに聞く耳をもってくれなくて、しかたないから自分で勝手に薬を抜いてみたら調子がよくなった。それを次の診察のときに報告したらその精神科医が激怒したという……ありえないですよ。

羽馬　発達障害的な医者も多いです。かつての主治医のひとりは、患者の私の話は聞かずに、一方的に自分の知識を披露しました。なんで講義を聞かされているんだろうって、ぽかんとしてしまいます。精神科医の方が患者でしょう！　と言いたくなる医者が多いのです。

和田　今の日本の精神科のレベルだったら薬のショッピングになっても、患者が悪いとは絶対に言えません。本当にもう、精神科版の食べログを作るしかないんですよ。

「当たり前がわからない」を生きる

羽馬　虐待サバイバーの人たちって、子ども時代にずっと抑圧されて生きてきたんです。大人になって、自分がいざ自由に動けそうだというときに、暴走しがちなんですよ。チャンスを与えられると、それをやりたい！　実現したい！　という欲求がものすごいことになる。親からもらえる愛が欠落しているので、普通の暮らしでは満たされない感が常にあるというか。いわゆる平凡な生活では満たされなくなる。人より大きな幸福がほしくなるんです。

和田　羽馬さんが本章で書かれていた解離の感覚は医師としてよくわかります。攻撃的な人格が必要悪だ、みたいな部分も的を射ていると感じました。

羽馬　冷静なときは確かにそう思いますけど、本当に攻撃的な性格になってしまったときは、そんなふうには考えられません。未だ完全には抑えられていないんです。一時期よりは改善しつつありますけれど。市役所時代は、1時間おきに性格が変わっていましたから。職場の人からは、「わざとやっているだろう」なんて言われて、「なんでそう思うの？」って訊いたら、普通のときのお前がいるからだって。要は、おかしいだけの私だったら病気だと思うけど、普通のときのわたしがいるから、わざとやっているようにしか見えないらしいんです。でも、そんなことを言われても自分自身はさっぱりわからない。

和田　「ほどほどにしておく」という選択が難しいんだよね。ブランケンブルク（註19）という医者が、睡眠薬自殺を図って彼の病院に入院してきた初期統合失調症のアンネ・ラウという女性を診察したときに、彼女が、「ある日突然、当たり前がわからなくなった」と言ったのです。たとえば、「みんなが笑っているけど、なぜ笑っているかがわからない」と。これは、『自明性の喪失—分裂病の現象学』（註20）という、木村敏《びん》さんらが翻訳した本に紹介されているエピソードです。何が当たり前かがわからなくなると、すごく不安になってただ周囲に合わせるしかなくなる。たとえば、虐待サバイバーの方で、お風呂の入り方を教えてもらわなかったって人がいる。なんでお風呂に入るのか、お風呂なんか誰でも入れるだろうって思うじゃない、でも、教えてもらわないとできないんですよ。

羽馬　大学で初めて「公務員試験」という言葉を聞いたとき、「公務員ってなんですか？」と質問をしました。それくらい、社会常識がないまま成人を迎えているんです。世の中のことが、何もわからないまま成人になりました。

和田　学校で教えられた勉強はわかるんだけど……。

註19＊ヴォルフガング・ブランケンブルク（1928－2002）ドイツ人精神病理学者。哲学者ハイデッカーに師事した後に医学の道に進んだこともあり、フッサールの現象学やハイデッガーの存在論を精神医学に取り込んだ。現象学的精神病理学の第一人者といわれている。

羽馬　家庭で当たり前に体得すべきものや知るべき言葉や社会常識が、完全に欠落していることがよくあります。

和田　ネグレクトという虐待の怖いところは、こちらが想像している以上に、当たり前感や、人との距離感がつかめないところにある。本書のなかでは、年上男性への愛着障害について詳しく書いていましたが、今はどうですか？　恋愛はわかりますか？

羽馬　うーん……恋愛を知る前に愛着障害になってしまったので、難しいです。

編集部　でも、本当にわからない人というのは、自分が愛着障害だということもわからないのではないでしょうか。

和田　そこなんです、羽馬さんのすごいところは。いろんな意味でわかっている。自覚しているところが稀有《けう》な存在なのです。僕がボーダー的な人を診察するときに一番困惑するのもそこなんです。彼らの多くは、自分がおかしいことに気づいていないから、おかしいことを起こすかもしれない、という予測もつかない。

羽馬　わかっているというより……いえ、わかって、きた、んです。

和田　虐待を受けた人は、そのトラウマについて自分で理解する、気づくまでに20年や30年は平気でかかるんです。性的虐待もそうです。子ども時代に、それが何を意味するのか知らないでやられちゃったことの意味を理解し、あれは絶対におかしかった、と思えるまでに人生の半分以上を費やす人もいます。

註20＊『自明性の喪失—分裂病の現象学』1978年、みすず書房刊。木村敏、岡本進、島博嗣 翻訳。以下はみすず書房のホームページの紹介文より抜粋。――人間には、もともと自明性と非自明性とのあいだの弁証法的な運動がそなわっている。疑問をもつということは、われわれの現存在を統合しているひとつの契機である。ただしそれは適度の分量の場合にかぎられる。分裂病者ではこの疑問が過度なものになり、現存在の基盤を掘り崩し、遂には現存在を解体してしまいそうな事態となって、分裂病者はこの疑問のために根底から危機にさらされることになる。分裂病者を危機にさらすもの、それは反面、われわれの実存の本質に属しているものである。だからこそ分裂病はとりわけ人間的な病気であるように思われるのである。

羽馬　「二十歳だからそのくらいのことを知っていて当たり前でしょ」とか言われても、知らないってことすら知らないわけで。社会人になって会社に入って「そんなことも知らないのか！」と言われ続けてきたのです。

和田　知らないことを、知りましょうと促すことで、かえって患者さんを不幸にさせてしまう場合もありますからね。しょせん精神科医の仕事って、主観的に不幸を感じてる人をちょっとでも幸せにすることなのかなって最近思うんです。残念ながら、過去が不幸な人ほど主観的な幸せを感じにくいから、それを、どう幸せな方向に少しでも持っていってあげられるかだよね。

しかし羽馬さんは、そうした不幸な体験があったから、本を一冊書けたわけです。そこには、大きな意味がありますよ。精神科医には決して書けないことを、あなたはこの本で書かれたのだから。

（２０１９年 春 収録）

おわりに　虹色で、いい。

わたしのとても個人的な物語を読んでくださりありがとうございました。あとがきに代えて、この35年間の経験を踏まえて、当事者でしか言えないことがあると感じ、このようにまとめてみました。

1　父親の虐待の責任を、後から母親に押し付けても仕方ありません

2019年1月に、千葉県野田市の小学4年、栗原心愛さん（当時10歳）が父親から虐待され死亡するという痛ましい事件が起きました。世間からは、「母親がなぜ庇わなかったのか？」と、父親だけでなく、一緒に暮らしていた母親にも批判が殺到しました。しかし、母親が庇うと、父親の虐待がよりエスカレートする場合があります。

わたしの家庭もそうでした。小学生時代、義父の虐待を母が庇えば庇うほど、行為はエスカレートしました。母は「身を切るような思いで庇うのをやめたのだ」と大人になったわたしに言いました。孤立して追い詰められている母親に対して「母親は何をしていたのか？見て見ぬふりをするなら、父親と同罪」と批判するより前に、皆さんにできることがあるは

ずです。

2　たとえ身体に傷跡がなくても、心理的虐待があることを知ってください

児童虐待には、身体的虐待、心理的虐待、性的虐待、ネグレクト（育児放棄）、親のＤＶの目撃という面前ＤＶなどの虐待があります。

２０１８年８月に厚生労働省が公表したデータによると、２０１７年度中に全国の児童相談所が対応した児童虐待のなかで最も多かったのは、夫婦間の暴力を子どもが目撃してストレスを受けるなどの「心理的虐待」だったのだそうです。

わたしは、身体的虐待も心理的虐待も受けましたが、心理的虐待が、身体的虐待より軽いかと言えば、決してそうではありませんでした。一見、仲の良い親子関係に見えていても、親が完全に子に依存していたり、子どもに支配的だったりするような、親のパワーバランスがあまりに強すぎる関係性の場合、周囲から理解や発見がしづらい虐待として、実は、とても深刻なものなのです。私自身、身体的虐待より、支配関係を背景とした言葉の暴力などの心理的虐待の後遺症の方が大人になって、色濃く残っていたりします。成人後に精神のバランスを崩して親子関係の悩みを吐露しても「大事に育ててもらった親の悪口を言うなんて」「もう大人なんだから、いつまでも親の悪口を言うもんじゃないよ」と無理解な批判に遭うことも多く、カウンセリングなどの適切な支援に繋がらない場合も多いのではないかと思い

ます。虐待問題は根が深く、身体的虐待や虐待死が起きれば社会的にも注目を集めます。しかしその陰で「心を殺されている」見えない虐待も多数存在していることも知ってもらいたいのです。

3　虐待サバイバーと貧困について知ってください

本書で大人になってから貧困に陥り、生活保護を受けるまでに困窮した話を書きました。被虐待体験のある方は、成人して貧困に陥るケースが多いように感じています。わたしは、北海道札幌市のホームレス支援団体の「夜回り支援」に同行させてもらったことがあります。寒い北国の北海道でも、ホームレスの方はいるのです。

ホームレスになった背景は、人それぞれ異なると思いますが、多くのホームレスの方に共通する背景として「被虐待体験」があることをホームレス支援団体の支援者たちは、指摘していました。わたし自身、大人になっても年齢相応の社会常識が身についていないため社会にうまく適応できず、転職を繰り返した結果、貧困に陥っていきました。その大きな要因が子どもの頃の被虐待経験にあるのではないかと、今では思っています。

本書の対談で和田先生も仰っている通り、日本社会は一度失敗するとやり直しの難しい社会です。転職回数の多い人は低く評価されます。虐待サバイバーは、社会人として生きていくさまざまなスキルが低く、社会で失敗を重ねるたびに学習して社会人としてのスキルを高めていけたとしても、年齢が上がれば条件も悪くなり就職はますます厳しくなり、貧困に陥ってしまうケースが多いのです。

4 「子どもの貧困」は「大人の貧困」

新聞などのメディアでは、子ども食堂や子どもの学習支援など、「子どもの貧困」に関する話題を見ない日はないくらい、昨今、子どもの貧困は社会から注目を集めています。果たして、子どもの貧困という言葉は、貧困の本質を捉えている言葉でしょうか？

子どもに経済力はありません。親が貧困であるために、子どもも貧困になっているのです。「子どもの貧困」とは、まさしく「大人の貧困」なのです。しかし「大人の貧困」とは社会は言いません。「子ども食堂」が全国各地でできても、大人の貧困者のための無料食堂はほとんどできていません。働き盛りの大人世代が非正規雇用から抜け出せず、ずっと貧困だったり、貧困で結婚もできず子どもも持てないという人も少なくありません。高齢者の万引きが増えている背景にも、貧困が一因としてあります。

しかし、大人に対しては「自己責任論」が非常に強いため、「貧困」も自己責任と捉えられてしまいます。大人にも、子ども時代はあったのです。子ども時代の虐待や過酷な環境を生き延び、後遺症やトラウマを抱える大人たちが貧困やホームレスになってしまっても、すべてて自己責任と言えるでしょうか？「子どもの貧困」というマスコミが流す言葉だけで判断せず、貧困問題の「本質」を考えることが問題解決には大切なことだと思っています。

5 親の経済力は学力格差だけでなく社会常識にも差が出る

親の経済力が子どもの学力に影響を与える「子どもの教育格差」が社会問題となり、全国各地で子どもの学習支援などが行われています。しかし、子どもの教育格差は、学力の偏差値だけに差が現れるものではありません。家族団らんのない家庭で育った虐待サバイバーは、子ども時代に家庭のなかで社会のさまざまな常識について親から教えてもらう機会が少なく、社会性や常識を身につけられずに大人になっています。

人間は、ご飯だけ食べて二十歳になれば「大人」になる生き物ではありません。風呂の入り方、食事のマナー、人とのコミュニケーションの仕方や礼儀なども、大人に教えてもらわなければ習得することが難しいのです。親がしっかりした社会人で、家族団らんや会話があれば、子どもは日々、大人の社会というものをなんとなくでも覗き見ることができます。

しかし、それがない家庭の子どもは「大人の社会」がいったいどんなものかほとんど知らないまま社会に放り出され、「常識がない！」と批判されてはさらなる生きづらさを抱えたり、貧困に陥ってしまったりするのです。

今、子どもの支援者たちが、虐待された「子どもたち」をどう支援・ケアしようかと取り組んでいます。早期支援という点で非常に正しい対策です。

しかし、虐待の後遺症は成人すれば治るものではなく、そもそも虐待を受けていたことすら誰にも発見されずに、何の支援もなく大人になった人も少なくありません。そうした人には、当然ながら大人になってからも支援がないのです。後遺症によって生きづらさを抱えた大人は、支援のないなか、自己責任を問われながら生きていかなければなりません。この大人が親となれば、子育ての仕方もわからず、貧困も重なれば、虐待の連鎖が起きる場合も少なくないと思っています。大人の支援をすることは、子どもも同時に救われるという「波及効果」が高いのです。子どもたちもいずれは大人になります。大人が救われない社会とは、子どもたちも、結局は救われない社会ではないでしょうか？

20年も放置されているロスト・ジェネレーション（失われた世代）の大人たちに社会から早期支援があれば、子どもの貧困も起きなかったかもしれない、第3次ベビーブームも起きて少子化に歯止めがかかり、人口減少もここまで手遅れにならなかったかもしれないと思うのです。大人にも支援を向けなければ、少子高齢化さえも根本的な解決には至らないとわたしは思っています。

6 「大人は自己責任」という価値観は危険

「大人は自己責任」という価値観が時代とともに声高になってきていることに危機感を感じています。虐待被害者だけでなく、困難を抱えた多くの大人に対して「もう大人なんだから」

で片付けることは、「個人の損失」だけでは済まない「社会全体の損失」に繋がることを指摘したいです。会社も親も地域社会も、ひとりの大人をサポートできない社会へと変化してきた現代において、大人という存在は、決して強い存在ではなくなっている気がします。それでも、依然として社会の価値観は、「もう大人なんだから」という自己責任論が非常に強いわけです。

行き過ぎた自己責任論を放置することは、今の子どもたちが大人になったとき、冷たい大人社会へ放り出されるという意味です。そして、今支援が必要な大人たちを自己責任の名のもとに放置していれば将来的に生活保護者の増加などで、どの世代にもその負担はやってきます。つまり、誰も得をしない価値観だと思うのです。

大人は子どもたちの延長線上にいる存在です。その大人社会が酷いもので「子どもの未来」は幸せになるでしょうか？　大人も子どもも、分け隔てなく支援される社会をわたしは望んでいます。

7　当事者はキャリアです。誇りに思いましょう

虐待サバイバーに限らず、どんな人も、さまざまな困難を抱え、乗り越えながら今を生きているのだと思います。わたしも、自分の不幸な過去や、恵まれていなかった環境を理不尽に感じることもありますが、それも含めて、「当時者はキャリア」だと思えるようになりま

した。履歴書に書けるものではありませんが、何も苦労のない人生より、苦労した経験こそが、その人のキャリアとなるのです。人生の財産だと、誇りに思っていいと思います。自分には学歴がないと劣等感《れっとう》を持つ方もいます。しかし学歴のないなか、草の根で生き抜いてきた経験もまた、立派なキャリアだと思います。

虐待サバイバーは虹色でいいのです。皆、異なる価値観や考え方を持ち、異なる生き方をしています。虹色のサバイバーたち、ひとりひとりが親に抱く想いには、答えが無数にあって、「これが正解だ」と他人が押しつけるものではまったくありません。

親子関係もまた、百人百様で、「正解はない」とわたしは思っています。親を赦そうと、憎んだまま毒親と呼ぼうと、縁を切ろうと、関係回復しようと、「その人の答え」であり、他人がとやかく言うべきことではないと思うのです。

自分にとって幸せな結論が正解であって、答えは人の数だけある。

わたしは、悲惨だった体験を生き抜き、前向きに生きようとしている今の自分が好きです。**何度失敗しても、やり直せる社会を一緒に作りましょう!**

お読みいただき、ありがとうございました。

羽馬千恵

35歳の私への手紙

拝啓　35歳の私へ。

毎日、怯えて可哀想に。


再婚した夫と連れ子の長女・千恵。

今の夫との間に生まれた次女・真祐美。

この生活は決して幸せじゃないね。


生活は貧困。午前中は夫と共に土木作業員の仕事、立ったまま昼食をかき込み、昼からはパート。帰宅するとすぐ座って酒を飲み動かない夫がいて、家事も育児もすべて、あなた一人でやって。よく働いたね。

貧困は、離婚したくても、子供を連れて自立することさえが困難となる。

身動き取れずに、あなたは悩み、怯えて暮らしていたね。

夫は長女の千恵を、言葉でいたぶり、虐めた。

恐怖で身を切られるような気持ちにさせたね。

「まただ！」と飛んで行って庇おうものなら、「俺の躾のやり方だ！」とまことしやかに夫は言い、いつも喧嘩になった挙句、虐めをエスカレートされたね。

体中が炎で焼かれるような熱い痛みを感じながら我慢していたあなた。

「私の子供を虐めないで！　なぜ私を子供ごと愛してくれないの！」

夫の虐待を変えることを諦めたあなたは、千恵が叱られないよう、叱られないようにと、キツく千恵に接してしまった……あなたは、まだ気づいていなかったね。

9歳の頃から芽生えた感情が何なのかを。実父から受け続けた虐待によって度々フラッシュバックを起こしていたこと。

実父の暴力と罵声、悲鳴をあげる顔面血だらけの母。

9歳離れて生まれた弟は無条件で愛されているのに、その優しい眼差しを一度も私には向けることがなかった父。

私のことが嫌いなんだという、悲しみと憎しみの感情はあなたを苦しめていたね。

親から愛されない自分は、何の価値もないのだと思い、自己肯定感が持てなかった。
自分我慢したり、尽くさなければ人から愛されないのだと思っていたよね。

後に、うつ病と診断され、毎日死のうとしたあなた。
子供に同じことをしてしまった自分を消してしまいたかったんだね。
けれど、自死を踏み止まったのは、千恵と真祐美がいるという現実だった。
よく生きたね。紛れもなくあなたは、二人の娘を愛していたんだよ。

さあ、連鎖のピリオドを打つ日が来ました。
今、私は過去にに意識を飛ばして、優しく語りかけ、9歳のあなたを抱きしめてあげるのです。「偉かったね」って。

また、35歳のあなたの時代に飛んで行って、二人の娘を代わる代わる抱きしめてあげるのです。「可愛い、大好きだよ」って。

今、私は自分を許し、自分を肯定します。

そして、長い間、ずっと探し求めていたことを気づかせてくれた娘と、娘に愛を注いで下さった皆様に心から感謝致します。

娘達よ、私を親に選んで生まれてきてくれてありがとう。

令和元年　59歳の夏　赤穂にて

二人の娘の母

虐待によって亡くなられたすべての命に、
ご冥福をお祈り申し上げます。

著者プロフィール

羽馬千恵（はば ちえ）

1983年、兵庫県赤穂市生まれ。虐待サバイバー。
虐待被害の当事者として社会に必要な支援などを啓発している。
○公式 Twitter 羽馬千恵@虐待サバイバー@ haba_survivor
○ note 羽馬千恵@出版「わたし、虐待サバイバー」
https://note.com/haba_survivor/

＊本書に書ききれなかったことや、読者からのお便りの紹介は今後、上記にて展開していく予定です。

カバー挿画／岡藤真依（おかふじ まい）

兵庫県神戸市生まれ。乙女座。B型。イラストレーター、漫画家。思春期の少年少女の、未完成な性をモチーフとした作風で注目を集める。京都精華大学芸術学科卒業。2017年、『どうにかなりそう』で漫画家デビュー。最新刊の『少女のスカートはよくゆれる』が話題になっている。

本書は著者の体験に基づくノンフィクションですが、
一部の登場人物は仮名にしております。

JASRAC 出　1908024-901

わたし、虐待サバイバー

2019年8月15日　初版第一刷発行
2021年11月12日　初版第二刷発行

著者　羽馬千恵

カバーデザイン　アキヨシアキラ
装画　岡藤真依
本文デザイン　谷敦（アーティザンカンパニー）

企画協力　和田秀樹

校正　櫻井健司（コトノハ）
編集　小宮亜里　黒澤麻子
編集協力　中井良実
Special Thanks　稗田進志（株式会社 まぐまぐ）

Sales Manege　石川達也

発行者　田中幹男
発行所　株式会社ブックマン社
〒101-0065　千代田区西神田3-3-5
TEL 03-3237-7777　FAX 03-5226-9599
http://bookman.co.jp

印刷・製本：凸版印刷株式会社
ISBN978-4-89308-919-9